「……優衣はバックで突かれるのが好きなの？」
「そんなの、わからな……ああっ！」

塩対応な御曹司ドクターは、めちゃくちゃ溺甘でした!?

田沢みん

Vanilla文庫 Miel

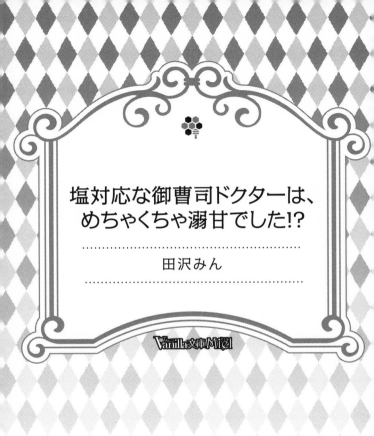

目次

CONTENTS

Min Tazawa
and Yoka Morihara
PRESENTS

イラスト／森原八鹿

1、塩対応の塩谷先生

「甘やかされる喜びを教えてやる」

耳元で艶《つや》のあるバリトンボイスが囁《ささや》いた。

甘い痺《しび》れが背中を一気に駆け下りて、私の腰を揺らす。ジワリと下半身が潤むのを感じた。

――ダメ、こんなこと……

そう思うのに、耳朶をはむっと甘噛みされて耳孔に舌をねじ込まれれば、理性も罪悪感もあっけなく頭の片隅に押しやられてしまう。

頭がぼんやりしているのは、酔いがまわっているだけではないと思う。

白いブラウスのボタンがはずされて、開いたそこから彼の右手が忍び込む。

きっと女性の扱いに慣れているのだろう。器用にブラジャーごと脱がされた。

前を隠そうとした両腕を開かれ、顔の横でシーツに縫いとめられる。

「やっ、ダメ……」

「どうして？　こんなに綺麗《きれい》なのに」

何を言っているのだろう。綺麗なのはこの人のほうだ。整いすぎて怖いくらい。

その顔に思わず見惚《みと》れると、色素の薄いアーモンド型の瞳と目が合った。

「優衣、大丈夫だから俺に委《ゆだ》ねて。抵抗があるなら夢だとでも思っていればいい」

「夢？」

「そう、目を閉じて、ただ素直に感じて」

彼はそう言いながら目を細め、手のひらで私の両目を閉じさせる。

「嫌なことなんて忘れてしまえ」

瞼《まぶた》に、頬に、そして唇に、柔らかいキスが降ってくる。

心地よさに「は……」と息を吐《は》けば、開いたそこから舌が差し込まれ、口内をまんべんなく舐《な》めまわされた。

舌先をジュッと吸われて頭が痺れる。

——気持ちいい……

こんなに気持ちいいだなんて、やはりこれは夢なんだ。

だって夢じゃなきゃ、『塩対応の塩谷《しおや》先生』がこんなに甘い声で囁いて、天使みたいに柔らかい笑顔を見せてくれるはずがない。

彼が私を抱くだなんて……ありえないのだから。

ぼんやり考えたその直後に胸を鷲掴《わしづか》みされ、先端のピンクの膨らみをペロリと舐められる。

「あっ！　んっ……」

「声も可愛《かわい》いな……優衣《ゆい》、好きだよ……」

——ほら、やっぱり。

可愛いだとか好きだとか。

こんなの彼氏にフラれた惨《みじ》めな女が聞けるセリフじゃない。

夢であればもう何も考えまい。

この世界にどっぷり浸って、嫌なことを全部忘れてしまおう。

心と身体のリミッターをはずした私は、次々と与えられる快感に素直に身を委ねたのだった。

＊　＊　＊

お酒に強くもないのに前後不覚になるほど飲んだのは、それが宴会の場だったから……というのもあるけれど、やはり一番の理由は心が弱っていたからなのだろうと思う。

『だって、しょうがないだろう？』

二週間ぶりに私のアパートに来た彼、溝口順也《みぞぐちじゅんや》は、目の前のコーヒーには手もつけず、開口一番に別れ話を切り出した。

しょうがないって、何がしょうがないのだろう。

看護実習や看護師国家試験のための勉強で忙しくて、デートもままならなかったから？

病院に就職後は、仕事に慣れるのに必死で彼氏優先にできなかったから？

——あなたが会社の可愛い後輩に告白されたから？

『高卒で働いている俺よりも、おまえのほうが収入が上だろ？　男としてプライドがさぁ』

『仕事に必死でギスギスしてる女よりも、腰掛け程度でいいから彼氏を優先させてくれる子のほうが可愛げがあっていいんだよね』

そんな理由で浮気してもいいと言うのなら、世の中の看護師はほとんどが浮気をされてもいいということになるじゃない。

いろいろ理屈をこねてはいたけれど、要《よう》は私よりも会社の後輩を好きになってしまったということなのだろう。

……だったらシンプルにそれだけ言ってくれればよかったのに。

二年間も付き合ってきた彼がグダグダと告げた言い訳は、私の心を深く抉《えぐ》った。

きっと私は自分で思っていた以上に傷ついていたのだ。

——だからといって、それがその数日後に他の男性と寝てもいいという言い訳にはならないのだけれど。

私、野花《のばな》優衣は今、非常に戸惑っています。

デザイナーズホテルだと思われる高級感漂う部屋のベッドの上。

枕からそっと頭を起こしてのぞき見た右隣の顔は、どこからどう見ても塩谷先生その人だ。

塩谷匡史《ただふみ》、三十一歳。地元名古屋《なごや》の大学病院勤務の呼吸器内科医。

その塩谷先生と私は、昨夜どういうわけかベッドを共にしてしまったのだ。

もちろん枕を並べておとなしく寝ただけではなくて……つまり、イタしてしまったということで……

——ああ、私ってば！

二日酔いで痛む頭をなだめながら、ゆっくりと上半身を起こす。

改めて塩谷先生の寝顔を見てみれば、どこからどう見ても少女漫画のヒーローみたいなイケメンさん。

逆三角形の小顔に白い肌。うっすらと紅《べに》を塗ったように赤い唇。

光の加減で瞳の色が茶色っぽくも見えるのは、おばあ様がフランス人で先生がクォーターだかららしい。

……と、特に噂好きでもない病院勤務二年目の私でさえ知っているほど、塩谷先生は有名人で人気者だ。

看護師だけにとどまらず、女性医師に薬剤師、医療事務や検査技師、そしてもちろん患者にも。

なんなら同性の医師や上司からの信頼も厚い。仕事ができて頼られている。

——なのに、どうして……？

そんな人気者の高嶺《たかね》の花が、どうして私なんかを相手にしたのか。

しかも、患者には優しいけれどスタッフにはとことん冷たい『塩対応の塩谷先生』が昨夜はフワリと微笑んだのだ。

おまけに言葉もエッチも驚くほど丁寧《ていねい》で優しくて……

そこまで思い出して、私の全身がポポッと熱を持つ。

そう、昨夜の彼はとてもとても優しかった。

『目を閉じて、ただ素直に感じて』

『声も可愛いな……優衣、好きだよ……』

甘ったるく告げられた言葉の数々を反芻《はんすう》し、私は首をプルプルと横に振った。

「ありえない」

塩谷先生ほどのスーパードクターが、彼氏にフラれた酔っ払い女を真面目《まじめ》に相手にするなんて間違いでしかない。

——先生は女性慣れしてるから、可哀想な子を慰《なぐさ》めてやろうって思ったのかな。

もしくは彼女と喧嘩《けんか》でもして溜まっていたのかもしれない。

「うん、そうよね。先生はきっと欲求不満で……」

「誰が欲求不満だって？」

「きゃっ！」

思わずベッドの上でひと跳ねしてから声のほうを見ると、塩谷先生が切れ長の大きな瞳をぱっちり開けて私を見上げていた。

「優衣、おはよう。俺は確かにここしばらく女性を抱いていなかったけど、自己処理はしてるしそこまで欲求不満じゃないよ」

「えっと……すみません。失礼なことを……きゃっ！」

いきなり左腕を摑んで引っ張られ、先生の胸に倒れ込む。

「あっ、すみません！　すぐにどきま……っ！」

今度は反対側の手で背中をおさえ込まれ、強く抱きしめられた。

「さっきから謝りすぎだし動揺しすぎ。ちょっと落ち着いて」

この体勢で落ち着いてと言われても無理だと思いつつ、コクコクとうなずいて黙り込む。

心臓のドクドクが先生に伝わってしまいそう。

……と思っていたら、先生が照れ臭そうに「俺の心臓の音が聞かれちゃいそうだな」なんて言うから、まるで付き合いたての恋人同士の会話みたいで余計に恥ずかしくなる。

先生が私の髪をサラリと撫《な》でる。

「なんだか弱ったところに付け入るみたいだけど……」

「はい？」

顔を上げたら再びグイッと胸に押しつけられた。息が苦しい。

「こういう関係になったことだし……俺達、付き合うか」

「えっ⁉」

頭上から降ってきた言葉に驚いて、私は今度こそ飛び上がり、先生の横で正座した。

近くにあった枕で裸の身体を隠す。

先生もゆっくり起き上がり、頭の後ろを掻きながらヘッドボードに背中を預けた。

私をチラリと見て、照れ臭そうにフワリと微笑む。

――キュン！

まるで宗教画の天使かマリア様。

芸術的に美しい笑顔に見惚れつつ、私はいやいや絶対におかしいだろうと思う。

「塩谷先生が塩対応じゃない……」

「そりゃあ……好きな子の前でまで仏頂面《ぶっちょうづら》はしないだろ、普通」

先生、まだ酔ってますね。言ってることがおかしいですよ。

頬を染めてはにかむ顔も、呼吸器科病棟勤務二年目にしてはじめて見ました。

「なあ、返事は？　俺達、付き合わないか？」

あれっ⁉　先生、何を言ってるんですか。だって先生には……

「彼女がいますよね？」

そうなのだ、塩谷先生は彼女もち。それが私達の勤務している病院、特に呼吸器科病棟スタッフの共通認識。

お相手は同じ病院の井口《いぐち》マキ先生。塩谷先生の同期の女性医師だ。

井口先生は消化器内科医なので私が接する機会は少ないけれど、呼吸器科病棟の患者に胃腸の疾患があれば回診に来てもらうし、彼女が当直医の日には緊急コールで何かとお世話になる。

ボーイッシュなショートヘアーにスラリとした長身で、王子様と呼んでも遜色ない美形。同じく背の高い塩谷先生と並ぶと、メンズ雑誌のモデルみたいでなかなかの迫力だ。

二人が付き合っていると教えてくれたのは病棟の先輩ナースで、先生方はそれを公言していないものの、院内では暗黙の了解なのだという。

その話を聞いてから意識してみれば、確かに二人はかなり親密な様子で、廊下で楽しげに立ち話している姿もよく見かける。

普段はお互いに名字呼びしているくせに、何かの折に井口先生が塩谷先生を『フミ』と呼ぶのを聞いたこともある。

あの時は同僚ナースと顔を見合わせて、『フミって、匡史のフミ⁉』なんてキャーキャー騒いでいたものだ。

おまけに塩谷先生は遊び人で、病院のスタッフ何人かにも手を出しているらしい。『食い逃げされないよう気をつけてね』と先輩に言われ、『とんでもない！　私には彼氏がいるので！』と答えたのは、確か新卒で呼吸器科病棟に配属された直後だったか……

塩谷先生はイケメンで仕事ができて、患者には優しいのにスタッフには厳しくて、ちょっと怖くて、そして遊び人。

カッコいいし憧れの対象ではあるけれど、ただそれだけ。

彼女がいると聞いて、『そうなんだ』と思うことはあっても、自分がその立場に成り代わりたいだとか奪いたいなんて考えることもなく。

「……ですので、軽々しく『好き』だとか『付き合う』なんて言わないでください！」

二股男なんて最低だ、見損なったと言い募る私に、目の前の塩谷先生は顔を曇らせ眉根を寄せる。

「俺とマキは付き合ってない」

「今さら何言ってるんですか。先生達が付き合ってるのなんてバレバレですよ」

なにげにマキって呼び捨てにしてるし。

「違う！　それは……いろいろ複雑な事情があるんだ」

「事情ってなんですか？」

ここで先生が黙り込む。

――ほら、やっぱり。

先生も順也と同じだ。ズルい。

本命がちゃんといるのに他の子とも平気で寝る。そして簡単に嘘《うそ》をつく。

酔いつぶれて恋人でもない男性と寝てしまった自分が言うのもなんだけど……私は一応フリーだからギリギリセーフ……だと思う。たぶん。

そんな私の気持ちを見透かしたかのように、塩谷先生がチラリと視線をよこした。

「だったらさ……君はどうなの？　俺に彼女がいると思っているなら、どうして昨夜は俺を受け入れた？」

「それはっ！　いろいろあって……」

「いろいろ？　失恋してヤケになってた？　相手は誰でもよかった？」

「違うっ、そんな！」

いや、違わないのかもしれない。

順也に裏切られて悲しくて寂しくて、病棟の歓送迎会の席で、飲み慣れないアルコールを浴びるように飲んだ。

一人寂しくアパートに帰るのは嫌だったし、何もかも忘れてしまいたかったから。

だからといって誰でもよかったというわけじゃない。

酔って朦朧《もうろう》としながらも、私はちゃんと覚えていた。

タクシーの中で涙ぐむ私の肩を抱き寄せてくれた腕の温かさ。

こめかみに口づけながら、『大丈夫だ』そう何度も囁く声の優しさ。

鼻腔をくすぐるハーバルグリーンの香りに、『この香水の匂い、好きです……』と呟《つぶや》いたら、『香水なんてつけてないよ。患者によっては気分が悪くなったりするからね。たぶんシャンプーかな』とクスッと笑った空気の柔らかさ。

再び目を覚ましたときにはホテルのベッドの上で……

ずっと髪を撫でていてくれたその手が塩谷先生のものだとわかったときも、唇を重ねられたときも……塩谷先生だったら構わない。私はそう思ったのだ。

たくさんの女性と遊んでいるのなら、私の相手だってしてもらってもいいじゃないか。彼ならきっと後腐れない……そんな気持ちもあったのかもしれない。

——だけど、それでも……

いくら弱っていようとも、酔っていたとしても。

彼女がいる人に抱かれるなんて、確かに最低な行為だ。私には順也や塩谷先生を責める資格なんてない。

「……私、最低ですね。愚痴《ぐち》って泣いて、同情で抱いてもらうなんて。井口先生に顔向けできないです」

「だからマキは関係なくて……！」

「昨夜は慰《なぐさ》めてくださって、ありがとうございました。もう忘れてください。私も忘れますから」

下着を身につけようとシーツに目を走らせたその時、再び逞《たくま》しい腕に引き寄せられた。

ボフッと間の抜けた音がして、枕ごと抱きしめられる。

「嫌だ、俺は忘れたくない」

頭の上から聞こえるのは、少し掠《かす》れた切なげな声。

「同情とか慰めとか、そんなのじゃない。俺は君だから……野花優衣が好きで、ほしくて抱いたんだ」

――えっ？

驚いて見上げると、彼の色素の薄い茶色い瞳が揺れていた。

「先生……私のこと、好きって？」

先生は二人の間に挟まっている枕を掴んで後方にポイッと投げ、改めて私をギュッとした。

「好きだ。ずっと好きだった……いや、好きな気持ちを思い出して、また君に恋をした」

先生は私の耳元に口を寄せ、「優衣は本当に覚えていないんだな」そう囁いた。

2、塩対応男の初恋　side 塩谷

『キラースマイル』というのだそうだ。

俺の笑顔のことだ。

自分で口にするのもおぞましいが……目が合うだけで瞬殺されて落ちてしまう。そう病院のスタッフが騒いでいると、当時の研修医仲間が教えてくれた。

彫刻のように整った俺の顔は、黙っているとひどく不機嫌に見えるらしい。

だから幼い頃から常に笑顔を心がけてきた。

焦《あせ》った顔や疲れた顔を見せるな。余裕がなくても余裕のあるフリをしろ、堂々と振る舞え。

迂闊《うかつ》に涙を流すな。感情をコントロールしろ。医師は患者に安心感を与えなければならない……

すべて医師であり病院経営者でもある父の教えだ。

そして二歳年上の姉からは、『女性へのマナー』なるものを徹底的に叩《たた》き込まれた。

女性には荷物を持たせるな。

ドアというドアはすべて女性のために開けて待て。歩くスピードを女性に合わせろ。レストランを選ぶときは『どこがいい？』ではなく、選択肢を二つないし三つ用意したうえで相手に選んでもらえ。

しまいには、コンビニで雑誌とアイスを買ってこい、駅まで傘を持って迎えに来い……などと、レディーファーストもマナーも関係ないことまで仕込まれて、『女性に優しい天使の笑顔の塩谷《しおや》匡史《ただふみ》くん』の出来上がり。

おかげ様でモテてモテてモテすぎて……女性関係でのトラブルが絶えなくなった。

ニッコリしただけで『自分に気がある』と勘違いされ、俺の預かり知らぬところで女のいざこざが発生するのだ。

学生の頃はまだマシだった。邪魔なら離れればいいし嫌いなら話さなければいい。何を言われようが自分だけの問題として処理できる。

問題は医師として病院で働きはじめてからだった。

仕事は個人だけでは成り立たない。特に病院においてスタッフの連携は必要不可欠だ。

好き嫌いや相性で仕事のパートナーを選んでいる場合じゃないし、ましてやそんなことで患者のサポートチームの和を乱してはならない。

なにせ人命がかかっているのだから。

なのにその『してはならない』ことが起こってしまった。

俺が研修医として病院に着任してすぐのことだ。

まずは俺をめぐるナースや女医の戦いで職場の雰囲気《ふんいき》が最悪になった。

お互い最低限の会話しかしなくなり、コミュニケーション不足による連絡ミスが発生する。

逆に俺が当直になると大《たい》した用事でもないのに各病棟から呼び出され、つまらない話で引き止められる。結果、本来の当直医としての仕事が滞る。

ある日、時間外受診の患者の対応に追われていたときに、病棟のナースから呼び出しを受けた。何ごとかと駆けつけてみれば、手作りのケーキがあるから食べてもらえないかと言う。

頭にカッと血が上り、『フザけるな！　いいかげんにしろ！』と怒鳴《どな》りつけた。

相手のナースは泣きだしたが、泣きたいのは俺のほうだ。

バカじゃなかろうか。こっちは寝る間も惜しんで働いてるんだ！　俺の診察を待っている患者達の身にもなってみろ！

当直中に仮眠室で襲われかけたこともある。

寝過ごしてしまった場合を考え、いつものように施錠せずウトウトしていたときだ。人の気配を感じて目を開けると、目の前に救急外来のナースの顔があり、心臓が止まるかと思った。

彼女は俺が目覚めたと気づくと『遊びでもいいから抱いてくれ』と言い放つ。『冗談じゃない、出て行け！』と追い出し慌てて施錠したが、その夜はもう一睡もできなかった。

アイツらなんなんだよ。白衣の天使じゃないのかよ！

男漁《あさ》りをしたいのなら今すぐホストクラブに行ってくれ。俺はただ、医師として自分の仕事を全うしたいだけなんだ。

なのに相手にしなかった女からは遊び人とかヤリチンとか好き勝手な噂《うわさ》を立てられ、教授や部長からも『遊ぶのは勝手だがほどほどにな』とやんわりたしなめられる始末。

耐え続けることがバカらしくなった俺は、とうとう愛嬌を振りまくのをやめた。

自分だってまだ医師としては修行中の身。色恋にうつつをぬかしている場合じゃない。

優しく接するのは患者相手だけで十分だ。

だから必要な作業だけをきっちりこなし、それ以外の部分では一貫して塩対応をするようになったのだった。

同僚からは、『そんな怖い顔で睨《にら》むなよ。名前だけじゃなくて態度も塩対応かよ』

そう揶揄《からか》われたりもするけれど、もうそんなのどうでもいい。

同期の井口《いぐち》マキが本命で、今は女遊びも落ち着いているらしい……なんてバカげた噂があるのも知っている。俺達が親しげにしているところを見られているからだろう。

それにはちょっとした事情があるのだが……女よけにちょうどいいから敢《あ》えて噂を否定せずにいる。

陰で好き勝手に噂され、患者とスタッフで顔を使い分ける。そんなストレスだらけの毎日でも、大切な思い出とたった一人の大切な存在が、俺を奮い立たせてくれていた。

野花優衣《のばなゆい》。彼女に認めてほしくて、褒めてほしくて。

頑張って頑張って頑張って……今の俺がいる。

＊＊＊

俺が医師を目指すきっかけとなった話をしようと思う。

いや、そもそも俺が医師になるのは既定路線だったのだが、それではなく、俺自身が『そうありたい』と決めた運命の日のことだ。

現在、大学の医学部附属病院に勤務している俺には、医師ともう一つ別の肩書きがある。

『医療法人真命会《しんめいかい》グループ』御曹司《おんぞうし》。

真命会グループは地元名古屋《なごや》を中心に総合病院や老人介護施設、医療機器レンタル会社にドラッグストアと幅広く経営しているグループ企業だ。

祖父が個人病院から徐々に大きくしていったもので、今のＣＥＯは俺の父であり真命会病院院長でもある塩谷史一《しおやふみかず》。

姉の香織《かおり》は独身の小児科医で、いずれ父の跡を継ぐべく真命会病院で働いている。

そういう環境なので、俺は幼い頃から医師になるべく教育を受けてきたし、俺自身も深く考えることなく、そうなのだろうと自然に受け入れ生きていた。

あの日、あのときまでは。

中三の冬、俺が自室でゴロゴロしていると、当時高二だった姉に命令された。

彼女の場合は『お願い』ではない、『命令だ』。

「匡史《ただふみ》、今年の病院のサンタ役はあんたね」

「はぁ？」

「事務長の田中《たなか》さんが腰を痛めてるらしくてさ、大きな袋を担《かつ》いで病室をまわるのが無理っぽいんだよね」

父が院長を務めている病院では、毎年クリスマスイブになるとサンタの格好をした事務長が小児科病棟の子供達にプレゼントを配ってまわる。

退屈な入院生活のなかで、ささやかながら楽しみを与えてあげたいという考えからだ。

姉の香織は派手な見かけのわりには小児科医志望の子供好きで、以前から何かと病院に顔を出してはイベントのお手伝いをしている。

今年も入院患者と一緒に小児科フロアーにクリスマスツリーを飾ったり、プレゼントの買い出しをしたりと張り切っていたのは俺も知っていた。

だからってなんで俺が手伝いを⁉　というのは愚問だ。

姉が「やれ」と言うのならやるしかない。そういう上下関係がすっかり身についている。

「……小児科病棟って何床あったっけ」

「三十床。今は全ベッド埋まってるけど、入退院で変動があるだろうから前日にまた詳しい説明をするわ。とりあえずクリスマスイブの予定は空けておいてね」

予定といっても両親はいつも仕事だし、姉貴は小児科病棟のクリスマス会。

俺は学校から帰ったら家政婦の光子《みつこ》さん手作りのチキンの丸焼きを食べるくらいなものだ。中高一貫校に通っているから中三といっても受験生じゃないし、女子からの誘いは全部断っている。夕方から病院に顔を出すのになんの問題もない。

そういえば、俺が小学生の頃までは病院のクリスマス会に姉と一緒に参加していたっけ。

中学受験を機に俺だけ行かなくなったけれど……

早くから自分のやりたいことが明確で、目標に向けて走っている姉を羨《うらや》ましく思いつつ、心のどこかで諦めてもいた。

——だって、しょうがないだろ？

医療従事者の親族に囲まれて、物心ついたときには俺が医師になる前提ですべてが動いていた。

俺が覚えているはじめての誕生日プレゼントは、聴診器だ。

水色で、音を聞くチェストピースの背面には可愛いコアラの顔がついていて、だけど医療用の本物のやつ。

五歳だった俺は両親に促されるままに心臓の音を聞いて喜んでいたものだが、今思えば、幼稚園児へのプレゼントが本物の聴診器というのがあからさまで、苦笑するしかない。

それでも恵まれた生活環境にも家族関係にも特に不満はなかったし、医師である父を尊敬していたから、敷かれたレールの上を素直にただ歩いている……そんな日々を送っていた。

「……わかったよ。何時に着けばいい？」

俺がうなずくと、姉はニッコリと微笑《ほほえ》んで身体の後ろに隠していた紙袋を差し出してきた。

中にはサンタの衣装とつけ髭《ひげ》。伊達《だて》眼鏡《めがね》もある。くそっ、しっかり準備済みかよ。

「あんたの天使の微笑みで入院中の子供達を癒《い》やしてあげてちょうだい。眼鏡や髭が邪魔くさいけど、サンタさんが若過ぎると嘘《うそ》っぽいからね」

今どきの子供はサンタなんて信じてないだろ。しかもクリスマス当日じゃなくてイブの夕方なんて、思いっきりフライングだし……と思ったが、それを口にすると姉から反撃に遭いそうだったので、黙って紙袋を受け取った。

だけど、あの日あの時、俺にサンタ役を押しつけた姉には感謝をしているんだ。

だっておかげで俺は、君と運命の出会いが果たせたのだから。

＊　＊　＊

十二月二十四日のクリスマスイブ。

午後からちらほらと粉雪が舞っているが、大雪にはならず夜には止むらしい。

俺は学校から帰宅すると軽くシャワーを浴び、サンタコスチューム入りの紙袋を抱えて父の病院へと向かった。

『医療法人真命会病院』は、一般病床、ICU《集中治療室》、HCU《高度治療室》合わせて、二百床近く有する総合病院だ。

俺の家からは電車で二駅。駅の東口から出て見上げれば、少し先に地下一階地上八階の白い建物が見える。それを目標に広い通りを十分も歩くと病院の玄関に到着した。

「匡史、早く早く！　もうサンタの出番だから！」

玄関で『病院に着いた』とメッセージを送って七階の小児科病棟に行くと、エレベーターの前で待ち構えていた姉に腕を引かれ、ナースステーションの奥の休憩室に押し込まれる。

「早く！　一分で着替えて！」

言われたとおりの時間に来たのに理不尽だ。

ドアの外から急《せ》かされながら慌ただしく着替え、用意されていたプレゼントの袋を抱えてレクリエーションルームに向かうと、子供達やその親、小児科ドクターやナースが拍手で迎えてくれた。

子供達の胸に貼られたネームシールを確認しながら、袋の中のプレゼントを手渡していく。これは前もって親から子供の希望を聞いておき、実現可能な範囲で姉が買って準備しておいたものだ。

「それではよい子のみんな、メリークリスマス！　ホッホッホッ」

めいっぱい低い声を作って挨拶《あいさつ》したら颯爽《さっそう》と退場。

だけどサンタの仕事はまだ終わらない。これから病室めぐりが待っているのだ。

レクリエーションルームにいたのは、病状が軽くて移動可能な子供達だけ。

だからこの場に来られなかった子供達の病室を個別に訪問して、プレゼントを渡す。そして楽しい集まりに参加できずに落ち込んだ心を少しでも元気づける。

どちらかといえばこちらのほうがメインと言えるかもしれない。

「それじゃ匡史、頼んだわよ。くれぐれもサンタらしくね」

「わかってるよ。それじゃ行ってくる」

姉から手渡されたメモを片手に廊下を進み、病室を訪れてはプレゼントを渡していった。

――こんなに喜んでもらえると満足感が半端ないな。小児科医もいいかも……

そんなふうに考えながらメモを見る。次の子供は喘息で入院中の女の子だ。

川田《かわだ》優衣、小学校一年生の七歳女子。

二日前に風邪をこじらせ、喘息発作を起こして緊急入院。

今はずいぶん症状がおさまっているものの、人の多い場所は避《さ》けたほうがよいだろうという判断で病室に残っているという。

二人部屋だが、片方の子供はクリスマス会に参加中だ。

「ほしいプレゼントは……雪だるま?」

袋から取り出した包みは軽くて柔らかい。きっと雪だるまのぬいぐるみでも入っているのだろう。

変わったリクエストだと思いながらも、深くは考えず病室に入る。

「ホッ、ホッ、ホッ! よい子の優衣ちゃんのいる部屋はここかな?」

「きゃあ!」

颯爽と登場したら驚かれてしまった。

奥の窓際のベッドで書きものをしていたらしい優衣ちゃんは、目を見開いて固まっている。

肩までのマッシュルームカットにクリッとした黒目。やけに白い肌が印象的だ。

なんだ、この子可愛《かわい》いな。天使かな?

「あっ……ごめん。俺は怪しいものじゃなくて……サンタさんです」

自分でも間抜けなことを言っているのはわかっていたが、そのまま野太い声を続けても、余計に怖がらせるだけだと思ったのだ。

だけどさすが無邪気《むじゃき》な七歳児。普通の声音で話しても、俺をサンタだと信じている。

「サンタさん？　……凄い、入院してても会いに来てくれるんだ！」

「うん。優衣ちゃんがよい子にしてたから、プレゼントを……」

そこまで言ったところで、オーバーテーブルの上にある花柄の便箋《びんせん》が目にとまる。

『サンタさんへ
わたしはカラダがよわいので、ゆきあそびができません。いつかサンタさんといっしょにユキダルマをつくりたいです』

──これは……

俺の視線が手紙に釘付けになると、優衣ちゃんがそれを折りたたみ、両手で俺に差し出す。

「サンタさんは病院に来てくれないと思ってたから、お母さんに手紙を預けようと思って書いてたの」

「お母さんは？」

「お仕事。優衣のためにいつもお仕事がんばってるの。ここには寝る前に少しだけ来てくれるよ」

隣の子がクリスマス会に行ってしまった病室で、七歳の女の子がたった一人、サンタへの手紙を書きながら母親を待っている。

喘息があるから雪遊びをさせてもらったこともないのだろう。

手紙の文面も相まって、俺はギュウッと胸が苦しくなった。

「あっ、これ……優衣ちゃんへのプレゼント」

「わあっ、雪だるま！」

彼女が包装紙を開くと、中からは案の定雪だるまのぬいぐるみが出てきた。

雪だるまを作りたいという願いへの、姉の苦肉の策なのだろう。

彼女の両手よりも少しだけ大きめのそれを、優衣ちゃんは嬉《うれ》しそうに抱きしめる。

「サンタさん、ありがとう！」

ニッコリと微笑むその笑顔が、ふと窓の外に向けられた。

雪はもう止んでいて、少し紺色がかった西の空にはぼんやりと金星が光っている。

「宵《よい》の明星だな」

「えっ？」

「えっと……一番星。あそこに一つだけ光ってるだろ？」

「本当だ！」

星を見ていたのかと思ったら、どうやら違っていたらしい。

それで気がついた。この子は雪を見ていたのだ……と。

窓の外には、数時間降り続いた雪の名残《なごり》がふわりと積もっている。

彼女はそれを見て、自分が作ることができなかった雪だるまを思い浮かべたのに違いない。

『いつかサンタさんといっしょにユキダルマをつくりたいです』

彼女の手紙の文面を思い出し、目頭が熱くなる。

彼女がほしかったのはぬいぐるみなんかじゃない。サンタと雪だるまを作る思い出なんだ。

――俺は何をしんみりしてるんだ！　患者の前でこんな表情をしてちゃ駄目《だめ》だろ！

患者の前で泣いてはならないと、幼い頃から父に言い聞かされてきた。

患者やその身内が泣きたいのを我慢しているのに、医師が先に泣いてはならないと。

――しかも今の俺はサンタクロース。子供に夢と希望を与える存在なんだ。

そこでふと思いついた。俺は窓をガラリと開けて、窓枠に積もっていた雪をかき集める。

両手でギュッと握り込んで丸くして、それを二つ重ねて……

「優衣ちゃん、はい、雪だるま」

片手にちんまり乗るサイズのミニミニ雪だるまを差し出すと、優衣ちゃんはそれを両手で大事そうに受け取る。

「わあ……冷たい。コホッ……本物の……雪だるまだ……」

手のひらに載せたそれを、まるで宝物を受け取ったかのようにじっくり眺《なが》めている。

うん、やっぱりこの子、可愛いな。

「サンタさんはちゃんとお願いを聞いてくれるんだね……サンタさん、ヒュッ、コホッ……ありが……ゴホゴホッ！」

――えっ⁉

優衣ちゃんが雪だるまをオーバーテーブルに置いて、咳き込みはじめた。

ヒュッ……と笛を吹くような細い呼吸音がしたかと思うと、オーバーテーブルにうつ伏せて背中を波打たせる。

「優衣ちゃん！」

慌ててナースコールを押すと、看護師と主治医がやって来て、俺は部屋から追い出され……

そこでやっと俺は気づいたんだ。無知な自分がしでかしたことの愚かさに。

＊　＊　＊

「まことに申し訳ございませんでした！」

ナースステーションの隣にあるミーティングルームで、俺は両親とともに優衣ちゃんの母親に向かって深々と頭を下げた。

時刻は午後七時半過ぎ。優衣ちゃんは今、特別個室のベッドで眠っている。

あれからすぐに主治医と父が処置にあたり、気管支拡張薬の吸入と点滴で比較的早く発作はおさまっていた。

あまりの苦しみように、俺は今にも彼女の呼吸が止まってしまうのではと慄《おのの》いたのだが、父によるとあれでも発作のレベルとしては軽いほうだったらしい。

連絡を受けた優衣ちゃんの母親が病室に到着したときにはすでに本人は落ち着いており、普通に夕食を食べて、満足して眠ったところで、母親だけミーティングルームに来てもらったのだ。

「うちのバカ息子がとんでもないことをしでかしました！　お詫《わ》びのしようもございません！」

「いいえ、優衣の喘息発作はしょっちゅうですし、たまたま息子さんのいらっしゃった時に起こったことで、頭を下げていただくわけには……」

優衣ちゃんのお母さんの言葉に、院長である父は「いいえ」とかぶせる。

「匡史に確認したところ、窓を開けてしばらくしてから優衣ちゃんが咳き込みだしたということでした。明らかに寒暖差によって誘発された喘息発作です」

俺は知らなかったのだが、喘息の患者にとって温度差は大敵《たいてき》なのだそうだ。

度重なる発作により気道が敏感になっているため、冷たい外気を吸うだけでも刺激となってしまうらしい。

雪が降った後の冷たい空気を病室に招き入れ、雪の塊《かたまり》を手に笑いあって……俺がしたことは、まさしく彼女を苦しめるための最悪な行為だったのだ。

「俺の不注意でした。本当に申し訳ありません……すみませんでした！」

俺が頭を下げたまま改めて謝罪すると、優衣ちゃんの母親は「窓を開けちゃいけないだなんて、普通は思いませんものね。今日のことは優衣にも責任があるんですよ」と言う。

——えっ、優衣ちゃんにも責任？　そんなのあるわけ……

俺が驚いて顔を上げると、彼女はとても優しい笑顔を浮かべている。

そして俺の考えが透けて見えたのか、俺と両親の顔を交互に見ながら説明してくれた。

「優衣には普段から言い聞かせてあったんです。寒い日には外に出てはダメ、窓も急に大きく開けたりはしないのよ……って」

幼い頃から喘息発作を繰り返している優衣ちゃんは、何が自分の身体に害になり、どう過ごさなくてはいけないかをしっかりと理解できていた。

母子家庭で母親が働いているため、一人でいる間の注意事項をしつこく言い聞かせてあったのだという。

優衣ちゃんはわかっていながら、俺が窓を開けるのを黙って見ていたのだ。

「夕食を食べながら、優衣が言っていました。サンタさんが来てくれて嬉しかったから、はしゃぎすぎちゃったんだ……って」

優衣ちゃんは夕食中も、サンタさんが来てくれた。小さな雪だるまを作ってくれた……と生き生きと語っていたそうだ。

「優衣は、サンタさんがお手紙をもらってくれたって、とても喜んでいました。急に苦しくなって驚かせたから、来年は来てくれないかもしれない、どうしよう……って逆に心配していたくらいで。あんなに喜ぶあの子を見たのは久しぶりです。ありがとうございました」

そう涙ぐむ姿を見て、俺も泣きだしそうになった。けれどグッと堪《こら》えて歯を食いしばる。

「優衣ちゃんのお母さん……俺、これからちゃんと勉強します。喘息のことを学んで、優衣ちゃんが発作を起こしたらちゃんと対処できるようになって……いつか、俺が優衣ちゃんの病気を治したいです！　だから、俺が医者を目指すことを許してください！」

声を震わせながら必死に訴えると、彼女は、「どうぞ立派なお医者様になってください」と言ってくれた。

俺は優衣ちゃんにも謝りに行きたかったけれど、それは大人達に止められた。

優衣ちゃんはサンタさんに会えたと思っているのだ、夢を壊すわけにはいかない……と。

まだ仕事があるという父親を残し、俺と母さんはタクシーで家に帰った。

夕食を食べながら母親から喘息について改めて教えられ、一足先に帰っていた姉からは長々と説教をされる。

元はといえば俺だけで病室に行かせた姉貴のせいだろう！　……というセリフが喉まで出かかったが、反論はするまい。

やはり考えなしで行動した俺が悪いのだ。

風呂に入り、自分の部屋でベッドに横になりながら、俺は優衣ちゃんのことを考える。

考えていたら、やはりどうしても謝りたくなった。

――俺が顔を見せるわけにはいかない。だけどサンタクロースなら……

そう考えたらいてもたってもいられなくて、サンタの衣装が入った紙袋を手に取る。

母親の目を盗んでそっと玄関を出ると、俺はガレージの隅に置いてある自転車にまたがり、あの子のいる病院を目指していた。

真冬の澄んだ星空の下、生まれてはじめてくらいの全速力で自転車を立ち漕ぎしたら、二十分弱で病院に着くことができた。

空気がキンと冷えていて寒いはずなのに、全身汗まみれで身体が火照《ほて》っている。

駐輪場に自転車を停めると七階の病室をそっと見上げる。

優衣ちゃんがいる特別個室は、一番右端の部屋だ。明かりはついていない。

ダウンジャケットのポケットからスマホを取り出して見たら、時刻はすでに午後九時を少し過ぎていた。

――しまった、消灯時間に間に合わなかった！

優衣ちゃんに謝りたい一心で何も考えずに飛び出してきてしまったが、よく考えたら子供はとっくに寝ている時間だ。

「バカだ、俺……」

だけどここまで来てそのまま帰るのは寂しいと思った。

せめて一言……いや、手紙を残すだけでもいい、あの子に今の俺の気持ちを伝えたい。

ふと思い出し、紙袋に入っているサンタの衣装を漁ると、カサリと乾いた音がした。喘息事件ですっかり忘れていたが、優衣ちゃんからもらった手紙がポケットに入ったままになっていたのだ。

――そうだ、この裏にメッセージを書こう。お詫びとお礼の言葉を書き残していけばいい。

そう考えたら、今からしようとしていることがルール違反であることも忘れ、気持ちが高揚してくる。

身体は疲れきり、膝がガクガクして歩くのもしんどいはずなのに、自然と足が前に出た。

病院の職員用通用口で暗証番号を入れると、ドアのロックがピピッと解除される。

ドアの暗証番号は定期的に変わるのだが、俺は父から聞いて知っていた。

建物の中にスルリと入り、人気《ひとけ》のない静かな廊下を足音を忍ばせて進む。

エレベーターを使用せずに階段で七階まで上がると、さすがに息がきれた。

階段から顔だけ出してナースステーションのほうを窺《うかが》うと、遠くにチカッと懐中電灯の灯りが見える。

もう特別個室の見廻り《ラウンド》は終わったのだろうか……わからない。

だけどグズグズしていたら見つかってしまう。とっとと手紙を書いて置いていこう。

俺は車椅子《いす》用のトイレに忍び込むと、大急ぎでサンタの衣装に着替える。

万が一優衣ちゃんが起きた場合を考えての保険だ。

――まさか同じ日に二度もサンタクロースになるとはな。

クリーム色のスライドドアをそっと開けると、窓際のベッドに優衣ちゃんが眠っていた。

ブラインドの隙間からうっすらと照らす月明かりに、彼女の白い顔がさらに蒼白く見える。

――優衣ちゃん、今日はごめんな。苦しかったよな。俺が無知だったせいで……本当にごめん。

顔をのぞき込んだらパチッと開いた瞳と目が合った。

――あっ、ヤバっ！

「あっ、サンタさん！」

驚かれるかと思ったが、優衣ちゃんはすぐに俺をサンタと認識したようだ。

勢いよく起き上がると、パアッと顔を綻《ほころ》ばせてくれた。

「サンタさん、また来てくれたの⁉」

「シッ！　みんなに内緒だから静かにね」

俺が唇の前で人差し指を立てると、彼女は笑顔のままでコクコクとうなずく。

「内緒で優衣だけに会いにきてくれたの？　へへッ、なんだかワクワクするね」

頬を緩めるその表情に、胸の奥がムズムズこそばゆくなる。なんだろう、この感じ。

だけどとにかく、ここに来てよかったな……

「優衣ちゃん、さっきはごめんね。俺のせいで発作が起こって、苦しかったよね」

ベッドサイドの丸椅子に腰掛けながらそう言うと、優衣ちゃんは「違うのよ」と首を横に振る。

「サンタさんが雪だるまを作ってくれてね、私、嬉しかったの」

「でも……」

「だけど、せっかく作ってもらった雪だるま、起きたときにはもうなくなっちゃってた」

ごめんなさい……と謝る優衣ちゃんの右手を、俺は両手で包み込む。

「また作るよ……ううん、今度は一緒に作ろう。大きくて、目と鼻と口もある、本物の、でっかい雪だるま」

「本当⁉」

「うん、本当だ」

けれど優衣ちゃんは目線を白いシーツに落とし、表情を曇らせる。

「でもね、私はすぐにお咳が出ちゃうから、外で遊べないの。今日みたいに苦しくなっちゃうと、お母さんがお仕事を休まなくちゃいけないでしょ？　そうするとね、お金がなくなっちゃうの。それに……またサンタさんをビックリさせちゃう。だから……」

「俺が治すから！」

思わず大声を出していた。彼女の右手を握る手に力がこもる。

「俺……これから必死に勉強して、立派な医者になるよ。優衣ちゃんの発作が起こったってもう驚いたりしないし、俺が絶対に治してみせるから……」

言っているうちに感情が昂《たか》ぶってくる。

なんなんだよ、この子は。

まだたったの七歳なのに……この小さな身体でいろんなことを我慢して受け止めて、あんな苦しい発作に耐えて、バカな俺を許してくれて……

「優衣ちゃん、本当にごめんな、苦しかったよな。俺、頑張るから」

「サンタさん、泣いてるの？」

そう顔をのぞき込まれて気がついた。俺の頬を生温かい涙が伝っている。

なんだよ俺、小さな子供の前で泣いてるのか。ダメだろ、感情をコントロールしろよ！

「ごめ……俺、患者の前で泣いちゃダメなのに……」

右手でグイッと涙を拭《ぬぐ》っていると、優衣ちゃんが箱からティッシュを一枚取り出して、俺の頬を拭《ふ》いてくれる。

「サンタさんだって泣いていいのよ。優衣はね、サンタさんが私のために泣いてくれて、嬉しいよ。ありがとう」

首を傾《かし》げながらニコッと微笑むその姿はまるで天使のようで。

俺は一瞬見惚《みと》れたあとで、意を決して眼鏡とつけ髭をゆっくりとはずした。

こんなことをしちゃいけない、子供の夢を壊しちゃいけない……わかっていたけれど、どうしても俺の素顔を見てほしいと、そう思ってしまったんだ。

優衣ちゃんは口をぽかんと開けてあっけにとられていたけれど……

「すごい！　サンタさんは天使さんなのね！　綺麗《きれい》！」

なぜか手を叩《たた》いて喜んでいた。

——ふはっ、天使は君のほうだろう。

胸いっぱいに溢れる温かくてトロけるような感情。

俺は丸椅子から腰を浮かせて、彼女の肩に手を置いて……気づくと白くて柔らかい彼女の頬に、そっと唇を寄せていた。

「優衣ちゃん、メリークリスマス！　俺のことを、待っててね」

それから二日後、俺は性懲《しょうこ》りもなくこっそり病棟に彼女をのぞき見に行ったけれど……優衣ちゃんはその日の午前中に退院したあとで、すでに病院にはいなかった。

『優衣ちゃんの喘息を治すために小児科医になる！』と家族の前で宣言した俺は、姉から『バカじゃないの。あんたが医師免許を取得する頃には、優衣ちゃんはとっくに小児じゃないっつーの！』というもっともなツッコミを入れられて、あっけなく目標を呼吸器科医に方向転換したのだった。

高校では迷わず医学部進学コースを選択し、現役で大学の医学部に合格してからも、必死で前を向いて進み続けてきた。

その原動力は、いつだってあの日の小さな女の子で。

それでも俺だって現実社会を生きている人間だから、実現可能なこととそうじゃないことの区別くらいはつく。

心の底で願いながらも、実際には彼女に再び出会えるとも、あの日に誓った約束を果たせるとも信じてはいなかった。

君が再び俺の前に現れるまでは。


一年前の春、外来診療を終えて呼吸器科病棟に上がってきた俺を、看護師長が呼び止めた。

「塩谷先生、今度うちに配属された新人です。野花さんと森口《もりぐち》さん」

「野花優衣です。よろしくお願いします」

俺が最初に反応したのは『優衣』という名前。そしてペコリと挨拶をしたその姿を見て、ずっと会いたいと思っていた懐かしい顔と重なった。

心臓がトクンと脈打つ。

——似ている……

黒目がちのつぶらな瞳。透けるように白い肌。

だけど髪はあの頃みたいなマッシュルームへアーじゃなくて長くて茶色いし、顔も体型もほっそりしていて綺麗なお嬢さんという感じだ。

それに何より名字が違う。あの子は川田だった。

——いや、何を言ってるんだ。

あれから何年経ったと思ってる、十五年だぞ。髪型だって体型だって、そりゃあ変わるだろう。名字だって……

まさか結婚したのかと指を見るが、左手の薬指には跡ひとつ見当たらなかった。

そこで母親の再婚という可能性に思いいたる。

確かあの子の家庭は母一人子一人だった。あれから母親が再婚して名字が変わったという可能性も考えられる。

——それじゃ、やはりこの子は……

俺が目の前の顔をジッと凝視すると、彼女は戸惑ったように再びペコリと頭を下げ、隣にいる新人仲間と去っていった。

彼女が俺の知っている『優衣ちゃん』だという確証はない。

俺の顔を見ても何も感じていないようだし、まったくの他人行儀だった。

けれど、どうしてもその可能性を捨てきれず、半信半疑なまま、俺はただの医師と新人看護師として優衣と関わることとなったのだった。

答えを得るチャンスは案外すぐに訪れた。

四月に催された呼吸器内科の歓送迎会、そこで優衣が同僚ナースと話している会話が耳に飛び込んできたのだ。

その日の会場は病院近くの懐石料理の店で、二階の畳敷きの宴会場には長机と座布団がズラリと並べられていた。

俺は昼間の仕事中から、今日の会でどうにかして優衣のそばに行けないものかと考えていたのだが、残念ながら仕事が立て込んでおり、会場入りが遅れてしまった。

俺が到着したときにはすでに彼女の周囲の席は看護師仲間で埋まっており、空席は限られている。


「塩谷せんせ～い、こっちですよ～！」

病棟と外来の肉食系ナース集団が俺を手招きするのが見えた。

頼んでもいないのに俺の席を確保して待機していたらしい。そのあたりだけ、まるでキャバレーかクラブかというような派手な空気で溢れかえっている。

そんな場所にのこのこ行ってなるものか……と言いたいところだが、俺は一瞬躊躇《ちゅうちょ》しただけで、その中心の席に歩いていき、腰をおろした。

途端にわっと歓声が上がり、隣のナースが腕にしがみついてくるのを容赦《ようしゃ》なく振り払う。

なにも好きこのんでこの席に来たわけじゃない。ただここが好位置だと判断しただけのことだ。

そこは優衣達のいるテーブルの手前側の列、ちょうど優衣と背中合わせになる席だった。右からも左からも、頼んでもいないのにグラスにビールを注いできたり顔を寄せて話しかけてきたりとアピールを開始される。

こういったことには慣れている。いつもであればビール瓶を手に持って立ち上がり、他の医師にお酌《しゃく》しにいくフリで席を移動してしまうのだが、今日は動けない理由があった。

ここならば背中越しに彼女の声が聞こえるのだ。せっかくの好位置を失うわけにはいかない。

「ビールは結構だ。このあとでまた病棟に戻るので飲みすぎたくない」

俺がグラスを手で塞《ふさ》ぎ、お酌は必要ないと告げると、隣の七年目ナースが「塩谷先生って本当に冷たいです～！」と甘えた声を出してくる。

周囲も「職場以外での塩対応は禁止です！」と同調して、ドッと場が盛り上がり騒がしくなってきた。

――うるさいな、後ろの会話が聞こえないだろう！

相手にすればつけ上がるだけだ。俺は無視して黙々と食事を口に運び、ひたすら後方にだけ神経を集中させる。

「第一希望が通ってラッキーでした。私、絶対に呼吸器科で働きたいって思ってたんです」

優衣の声が聞こえてピクッと肩が跳ねる。

第一希望……うちの看護師は最初に希望の勤務場所を三か所まで申請することができると聞いているが、彼女は呼吸器科希望だったのか……

なんだか勝手に親しみを感じてしまい、頬が緩む。

いかん、周囲に怪しまれる。気を引き締めねば！

「私は小さいとき喘息持ちで入退院を繰り返していたんです。そのときにお世話になった看護師さんを見ていて、ああ、私もこんなふうになりたいな……って思って」

――ビンゴ！

これはもう決まりだろう。彼女は優衣ちゃんだ。

俺が最初に持った直感は間違っていなかった。嬉しい、ときめく、感動だ！

「わぁ、塩谷先生が微笑んでる～！　めちゃくちゃレア、拝《おが》んでいいですか～！」

周囲がキャアキャア騒ぎだしてハッと我にかえった。

俺は今、微笑んでいたのか？

ダメだ、感情の制御ができていない。これでは就任直後の悪夢の繰り返しだ。

俺は席を立つと洗面所に向かい、顔を冷水で洗って心を落ち着けた。

――平常心だ、冷静になれ。

今すぐ優衣に話しかけたいのはやまやまだが、そんなことをすれば彼女が肉食ナースから目をつけられるのは確実だ。

新人の頃の俺は、ナースと上手くやっていきたいがためにニコニコと愛嬌を振りまいて、それが元でのトラブルが多発していた。

仕事の話をしていただけなのに、俺と親しげだったというだけで先輩ナースに呼び出され、以降俺を見ると怯《おび》えて避けるようになった新人ナースもいる。

『先生の微笑みは罪ですねぇ〜』

俺に事の顚末《てんまつ》を教えてくれたベテランナースは同情してくれたが、仕事を円滑に進めるためにニッコリするのが罪だなんて、どうすりゃいいんだと頭を抱えたものだ。

だから……

「これは慎重にいかないとな」

何を慎重に進めたいのだ、優衣とどうなりたいというのだ。

『ねえ、優衣ちゃんだよね？　じつは俺があのときのサンタさんでさ』

そう言って笑い話にして、『懐かしいな』で終わらせればいいだけのことじゃないか。

だけど俺は、あの時点ですでに、それだけで終わらせる気なんてなかったんだろう。

だからこそ、そのあとで目撃した事実にショックを受けたのだ。

俺が洗面所から出ると、廊下の隅のほうでスマホを耳にあてて話している優衣を見つけた。

嬉しくなって一歩踏みだしたところで、深刻そうな表情に足が止まる。

「こんなところまで来られても……うん、お財布なら持ってきてるけど……いくら？　五千円？　……うん、わかった、今すぐ行くから」

なんだか穏やかじゃない会話だ。

バッグを抱えて外階段を下りていく彼女のあとを追う。

階段の途中で腰を屈《かが》めて下の様子を窺うと、優衣が向かった先には彼女と同年代か少し上くらいの男が立っていた。

「順也《じゅんや》！」

「優衣、悪いな。友達に飲みに誘われたけど財布を忘れちゃってさ。おまえの歓迎会の場所が近いのを思い出して、来ちゃったんだ。怒った？」

「……怒ってないよ。困ったときに思い出してくれて、ありがとう」

「おう、じゃあな！」

順也という男は優衣から五千円札を受け取ると、それをヒラヒラと振りながら去っていった。

——マジか。

思わず片手で口をおさえる。

何が『財布を忘れた』だ。そんなもん飲みにいった先で友達に借りればいいだけだろ。

何が『怒った？』、『怒ってないよ』だ。

怒れよ！　そこは絶対に怒るとこだろ！

あんなの絶対……どう見たってタチの悪い男に引っ掛かってるじゃないか。

十五年ぶりに再会した俺の『天使の優衣ちゃん』は、なんとヒモ男に貢《みつ》ぐ、尽くし系ダメンズ製造機になっていた。

＊　＊　＊

『尽くし属性ダメンズ製造機』とは上手いこと言ったものだな……と思う。

いや、名づけたのは俺ではない。

命名者《めいめいしゃ》は優衣の大学時代からの親友で、同期ナースの森口奈々子《ななこ》だ。

しかもそれは彼女から直接聞いたわけではなく、優衣と森口さんの会話から自然に耳に入ってきた情報だった。

盗み聞きだなんて、人聞きの悪いことは言わないでもらいたい。

あくまで勝手に『聞こえてきた』だけなのだ、誓って盗み聞きなどではない……はずだ。

優衣達の歓迎会のあの日から、俺は彼女の言動を意識して、目で耳で追いかけるようになっていた。

なにせ十五年間も会いたいと思っていた女の子に再会できてしまったのだ。運命を感じないわけにはいかないだろう。

それが恋心だと気づいたのは、優衣に彼氏がいるとわかったあの日、あの瞬間。

――くっそ……あんなヒモ男と付き合ってんじゃねぇよ！　金なんかせびられてんなよ、騙《だま》されてるのに気づけよ！

もっと早く再会できていたら……優衣をあんな男に渡したりはしなかったのに。

それは紛れもなく嫉妬だった。

胸が痛くてはらわたが煮えくり返って。

彼女をどうにか奪い取ってやりたいと思いながらも、その手段がわからない。

だからひたすら聞き耳を立てて……もとい、近くで見守っているしかなかったのだ。

病院の職員用カフェテリアは安いわりには内容が充実していて美味しいと評判なのだが、俺は研修医時代以降、ほとんど利用したことがなかった。

女性スタッフが寄ってきて落ち着いて食べられないからだ。

なので院内にあるコンビニで弁当を買ってくるか、もしくは出前を頼んで医局の自分のデスクで食べるのが常だった。

だが、そんな俺が今はカフェテリアを積極的に利用している。

主に情報収集のため……いや、見守りのためだ。

常に勤務時間が一緒なわけではないので毎回というわけにはいかないが、タイミングが合うときは彼女がカフェテリアに行くのを見届けてから後を追う。

ベストポジションは、彼女から見られずに話を聞ける背中合わせの席。

しかしいつも空いているわけではないので、席が埋まっているときはなるべく近くの、それでいてちょっとだけ離れた席に座る。

当然すぐに女性スタッフに取り囲まれるのだが、そこはすでに塩対応が板についている俺なので、無視して黙々とランチを食べる。

俺は耳をダンボにして、優衣と森口さんとの会話を見守っていた。

「ほんっと、優衣は男に甘すぎるのよ。前の彼氏も、最初は優衣を必死になって追いかけてきたくせに、付き合ってしばらくしたらワガママ言い放題でさ、結局浮気されて終わっちゃったじゃん」

見守りの成果を総合すると、今カレのクソ順也を含め、これまでに優衣が付き合った男は二名。そのどちらもダメンズということだった。

どうも優衣は、付き合った男をとことん甘やかしすぎてダメにしてしまう性質《たち》らしい。

そして森口さんはそれを快く思っていないらしく、クソ順也と別れたほうがいいと勧めている。俺もそれには大賛成だ。

――よしっ、森口さん、もっと言ってやってくれ！

「……でも順也は私のことを好きだって言ってくれてるし、頼ってくれるのは嬉しいし……」

「頼ってるんじゃなくて、利用されてるだけの間違いだと思うけど？」

森口さんの辛辣《しんらつ》な言葉にも優衣は動じない。

ふんわりしているようで、根は頑固なのだろう。

「奈々ちゃん、心配してくれてありがとうね、お金のことは順也と話しあってみるよ」

そう言いつつ、その後も優衣が男と別れる気配はなかった。

そうしている間にも、優衣と一緒に働くうちに彼女の真面目《まじめ》さや誠実さ、ひたむきさや優しさを目《ま》の当たりにした俺は、ますます彼女への恋心を募らせて。

その気持ちはマグマのように昂《たか》まって熱くなって沸騰《ふっとう》して。

もう限界を迎えそうになっていた一年後の歓送迎会。そこで俺は、予期せぬ形で思いを遂げることとなったのだった。

＊　＊　＊

今年の歓送迎会の会場は、偶然にも昨年と同じ懐石料理の店だった。

しかし悲しいかな、俺は受け持ち患者の急変があってそれどころではなく、ようやく落ち着いた頃にはすでに午後七時半を過ぎていた。

——会は午後六時スタートだったから、もうそろそろお開きか……

いつもであればそれを言い訳に欠席してしまうところだが、今回はそうもいかない。日勤だった優衣は出席しているだろうから、少しだけでも顔を見ておきたいと思った。

それに彼女が飲みすぎていないか心配だ。

じつは優衣は一週間ほど前に彼氏と別れている。もちろんカフェテリアでの見守り情報だが。

アイツ、ろくでなしのクソ順也が、会社の年下の女子と優衣を二股にかけた挙げ句、若いほうを選んだのだという。クソ野郎のくせに生意気だ。

『つらいだろうけどさ、私は長い目で見たらこれでよかったんだと思うよ。あんな男は熨斗《のし》つけてくれてやればいい。優衣みたいないい子はもっと素敵《すてき》な男性のほうが似合ってるって』

森口さんはいつも本当にいいことを言う。俺も彼女の意見に大賛成だ。

俺はカフェテリアでうんうんとうなずきながら、唐揚げ定食を黙々と頬張る。

——そうだよ、君はもっと大事にしてくれる男と新しい恋をすればいい。

そして叶《かな》うなら、その相手が俺であればいい……と思う。

俺が宴会場に顔を出したときには、案の定、会は終盤に差しかかっていて、ちらほらと人が帰りはじめているところだった。

会場内をキョロキョロと見渡して優衣の姿を探すと、彼女は真っ赤な顔にトロンとした目つきで森口さんの肩にもたれかかっている。

やはり失恋がショックだったのか、かなり飲んでいるらしい。

——いや、それだけじゃないな……

最悪なことに、優衣の向かい側には放射線技師の横山《よこやま》が陣取っている。

横山はかなりの遊び人で、何も知らない新人ナースに声をかけては片っ端から食い散らかしているので有名だ。

今はオペ室のナースと付き合っているが、彼女と遊び相手は別腹だと公言しているような鬼畜《きちく》野郎なので、可愛い優衣を狙っていてもおかしくない。

アイツのことだ、きっと優衣に無理に酒を勧めて酔いつぶれるよう仕向けたに違いない。

見ると横山は優衣の隣に移動して彼女の腕を肩にかけ、立ち上がらせようとしている。

その口が「送っていくよ」と動くのが見えて、頭にカッと血が上る。

——ダメだ！　横山は絶対にダメだ！

っていうか誰でもダメだ！　絶対に優衣に手を出させるかよっ！

俺は大股でズンズンと歩いていくと、無言で横山の腕を摑み、優衣から引き離す。

「えっ、塩谷先生、なにするんですか！」

「横山さんが送っていくとオペ室の彼女が誤解するでしょう。俺がかわりに行きます」

俺の言葉を聞いて、横山に遊ばれている呼吸器外来の新人ナースが彼に向かって目を吊《つ》り上げるのが見えた。自業自得だ、知ったこっちゃない。

俺の発言にイラついたのか、横山が口角を上げて、「そう言って塩谷先生が送り狼になるんじゃないですか？」と嫌味を吐《は》いてくる。

「酔った女性を放っておけないだけだ。なんでもかんでも自分の基準で考えないほうがいい」

俺が冷たく言い捨てると、奴はもう何も言い返してはこなかった。

「森口さん、タクシーまで野花さんのバッグと上着を持ってきてもらえますか」

「はっ、はい！」

ぼんやりしている優衣をお姫様抱っこして移動する。

後ろから、『キャーッ！』、『羨ましい！』という女子の悲鳴が聞こえてきた。

こんなつもりじゃなかったのに、必要以上に目立ってしまった。

だけどしょうがない。優衣を他の男に触れさせたくはなかったし、他の男と狭い車内で二人きりにするなんて絶対に耐えられない。

——もう、なるようになれ……だ。

このことで優衣が不利益を被らないよう、俺が他のスタッフに目を配るしかないな。

必要であれば頭を下げたっていい。

その時点ではまだ自分が本当に送り狼になってしまうなんて考えてもみなかった俺は、『月曜日、職場でどうするか』ばかりに気を取られていて、『今これからどうにかなる』可能性については頭から完全に除外していたのだ。

タクシーに乗ると、優衣は窓に頭を預けてウトウトしていた。

車が揺れるたびに側頭部がコッツン、コッツンと窓ガラスにぶつかる。

痛そうだったのでこちらにグイと引き寄せたら、素直に俺にもたれかかってきた。

アルコールだけではない、何か甘ったるい彼女の香りがする。

途端に下半身に熱が集まりだす。

——マジか、ヤバいな。

これでは横山が言ったように送り狼になってしまう。意識を逸《そ》らさないと……

そう思っているのに、優衣が俺の胸に鼻を擦りつけてくる。

「この香水の匂い、好きです……」

「香水なんてつけてないよ。患者によっては気分が悪くなったりするからね。たぶんシャンプーかな」

優衣は「いい香り……」と言いながら、どんどん体重を預けてくる。そしてポツリと零《こぼ》した。

「私ってどうしてダメなんだろう……尽くす女って……ウザい？」

「ダメなんかじゃない。君のよさをわからない男のほうがバカなんだ」

すると優衣は「ふふっ」と笑って俺を見上げた。

「私ね、人に頼られたいの。ありがとう、助かるよ……って言ってもらえると、ああ、私は

ここにいてもいいんだな……って思えて……。でも、そんなことで彼を繋ぎ止めようとした
って無駄《むだ》だったなぁ。結局は甘え上手な女の子に負けちゃいましたぁ～」

黒い瞳から涙の粒がポロリと零れるのを見たら、もうこの子を放っておけないと思った。

そして予想外に転がり込んできたチャンスに、自分の欲望を抑えられなくもなっていた。

「……甘えればいい」

「えっ？」

俺を見上げた黒目がちの瞳が揺れている。

二人で一緒に『宵の明星』を見上げた、あの夜のことを思い出した。

『サンタさんだって泣いていいのよ』

――優衣ちゃん、俺はあの日の君の言葉に救われたんだよ。

「優衣、泣いていいんだ……俺に甘えろよ。俺が……甘やかされる喜びを教えてやる」

そっと唇を重ねると、彼女が目を閉じて、「は……」と熱い吐息を漏《も》らした。

もう止められない……と思った。


向かった先は一番近くのデザイナーズホテル。

部屋に入ってすぐに手にした荷物を放り投げ、彼女の唇にむしゃぶりつく。

車内にいた時から興奮状態だった俺の身体は内側から熱く滾《たぎ》り、沸騰状態だった。

壁に背を預けながら、優衣は俺の舌遣いに必死に応えようとしてくれている。

だけど俺が舌の裏筋を舐め上げた途端、彼女は「ああっ」と声を上げ、身体を震わせてズルリと床にへたり込んでしまう。

「おいっ、大丈夫か⁉」

酔いすぎて気分が悪いのかと顔をのぞき込めば、優衣は両手で頬をおさえてトロンとした目つきを向ける。

「……キスだけでこんなに気持ちいいなんて……私、おかしくなっちゃったのかも」

「えっ⁉」

彼女がモジモジと太ももを擦り合わせたのを見て、すかさずその隙間に指を滑り込ませる。

ストッキング越しに触れたそこは、外からでもハッキリとわかるほどに濡《ぬ》れていた。

――えっ、嘘だろ、これだけでイったのか⁉

「やだ……こんなのはじめて……恥ずかしい……」

両手で顔を覆《おお》う彼女を前に、理性の糸がプツンと切れた。

嬉しい、感激だ。俺とのキスで感じてくれている。

はじめて……って誰と比べてるんだよ！　過去のクズ男となんて一緒にするな！

俺はキスひとつ満足にできない奴らとは違う！

優衣だけを大事にして、全身あますところなく可愛がって……全身全霊で君を愛し尽くす。

愛してるから……どうか俺を、俺だけを好きになって……

くたりとしている優衣の背と膝裏に手を差し込み、身体を抱き上げる。

「優衣、今から君を抱くよ」

「えっ、私……」

動揺で瞳が揺れるのを見た途端、ヤバいと思った。

ここで正気に戻って抵抗されても、俺は自分を抑えることができない。きっと力づくで犯《おか》してしまうだろう。

——ダメだ優衣、俺を拒否しないでくれ！

腕の中でキュッと身を縮めた彼女の顳にこめかみに、キスの雨を降らせる。

「どうか俺を受け入れて」

耳元で囁いて耳朶を甘噛《あまが》みする。耳孔に舌をねじ込んで、味わうようにねっとりと舐《な》めた。

優衣の力が抜けたのを感じ、お姫様抱っこでキングサイズのベッドに運び横たえると、白いブラウスのボタンに手をかける。

よかった、抵抗はされない。心の中でホッと息を吐き、両手で一つ一つはずしていく。

自分の指先が震えているのを見て、童貞じゃあるまいし、何を今さらと苦笑した。

ブラジャーのホックもはずし、ブラウスと一緒に脱がせてしまうと、小ぶりだが張りのある膨らみが露《あら》わになる。

優衣が前で腕を組んで隠そうとするから、手首を摑《つか》んでシーツの上に縫いとめた。

「やっ、ダメ……」

「どうして？　こんなに綺麗なのに」

彼女は何を言っているのだろう。これを見ずにいられるわけがない。

あの日の雪のように白い肌。そこにプルンと横たわる双丘と、さくらんぼの種のように小さなピンクの……

思わず「はっ……」と息を吐く。慌てて大きく息を吸い、呼吸を整えた。

——落ち着け、俺。焦るな、怖がらせるな。

彼女は失恋したばかりで傷ついている。ここで俺がさらに傷つけるなんて、そんなことがあっちゃいけないんだ……

「優衣、大丈夫だから俺に委《ゆだ》ねて。抵抗があるなら夢だとでも思っていればいい」

「夢？」

「そう、目を閉じて、ただ素直に感じて」

そう言いながら手のひらで彼女の瞼《まぶた》を撫で、両目を閉じさせる。

「嫌なことなんて忘れてしまえ」

瞼に、頬に、そして唇にキスを繰り返す。心をこめて、愛をこめて。

彼女が息継ぎしたそこから舌を差し入れると、口内を味わい尽くすように舐めまわした。

甘い。甘すぎて頭が痺《しび》れて、思考回路がショートする。

舌先をジュッと吸うと、彼女の口から「あん」と鼻にかかった声が漏れた。

なんだコレ、彼女は声まで甘いのか。

ゴクリと唾を呑み込んで、彼女の胸に顔を寄せる。花の蜜に引き寄せられる蝶《ちょう》の如《ごと》く。

胸を鷲掴《わしづか》みし、先端のピンクの膨らみをペロリと舐めると、「あっ！　んっ……」と感じる声が聞こえてきて。

歓喜のあまり下半身がズクンと疼《うず》く。

「声も可愛いな……優衣、好きだよ……」

もうリミッターははずされた。

俺の漲《みなぎ》りはグンと反り返り、先端から透明な液を滴《したた》らせている。

優衣のスカートを捲《めく》り上げ、ストッキング越しに己《おのれ》のモノを擦りつけているだけなのに、あっという間に吐精感に襲われる。

これではキスだけでイった優衣を笑えない。

こんなことは、はじめてだ。

キスが蜜のように甘ったるいのも、挿《い》れてもいないうちに達しそうになるのも、そしてなりふり構わずガッつくのも。

丁寧《ていねい》にゆっくり進めたいのに、下半身がどんどん熱を持つ。鈴口が硬度を増し、早く解き放てと追い立てる。

体内で渦巻く劣情を持てあまし、悔し紛れに目の前のピンクをカリッと甘噛みすると、優衣が顔をしかめて嬌声を上げた。

「やっ！　……ああっ！」

胸を反らして苦しげにする表情も色っぽく、余計に吐精感が増すだけだった。

「う……はっ……」

ダメだ、もう限界が近い。だけど彼女より先にイくのだけは絶対に嫌だ。そんなカッコ悪いことになったら俺は舌を嚙んで死ぬしかない。

「くそっ！」

俺は身体を起こすと優衣のスカートのファスナーを下げ、ストッキングをショーツごと一気に引きおろす。

全裸にされて狼狽《うろた》える彼女を見下ろしながら、膝裏に手を添える。

グイッと押し上げ腰が浮いたところで、ようやく優衣は自分が何をされようとしているのか悟ったようだ。

「あっ、やっ……ダメっ！」

「ダメじゃないだろ。こんなにグチョグチョなのに」

言いながら優衣の脚を大きく開くと、目の前の蜜壺は淫《みだ》らにヒクつき、ヨダレのように蜜を垂らしている。

「気持ち快《よ》くするだけだから……味わわせて」

怖がらせたくないし、焦っているのも悟られたくない。

だから俺は安心させるようにニッコリ微笑んでから、そっと割れ目に唇を寄せた。

慄《おのの》くようにキュッとすぼんだそこに、チュッチュと軽く触れるだけのキスを繰り返す。

「優衣のここ、とても綺麗だよ」

合間に囁いて、最後に中心をペロリと舐め上げた。

「ああっ！」

それが合図かのように、俺は舌の動きを激しくする。

ジュルジュルと水音をさせて愛液をすすり、舌をねじ込んで入り口を刺激する。

絶え間なく溢れてくる愛液を見ていると、彼女も感じてくれているのだと嬉しくてたまらない。

さらに優衣の脚を俺の両肩に担いで腰の位置を高くする。彼女に見せつけるかのように舌を伸ばし、小さな粒をチロチロと舐めてやる。

舐めながら優衣の瞳をジッと見つめていたら、彼女が頬を赤らめて目を逸《そ》らした。

「優衣、見て。君のココが剝《む》き出しになった」

俺の舌先で丁寧に剝かれた蕾は、今では存在を主張するかのようにぷっくりと膨らんでいる。花開く直前のように赤く熟したソレを舌で左右に震わせ、唇で挟み込む。

「あっ、ダメっ、ダメぇ！」

ダメと言われても止められない。

蕾をガジガジと甘噛みした途端、優衣は白い喉を晒《さら》しながらビクンと跳ねた。

すかさずチューーッと音を立てて吸い上げてやる。

「嫌ぁっ！　ああっ、あ――っ！」

彼女は脚を突っ張らせ、両手でシーツを握り込む。

額に汗を滲ませ苦しげに眉を寄せているのに、その表情さえも美しい。

俺の舌技でイかせることができた喜びと同時に、股間の痛みが激しくなった。

さすがにもう限界だ。

「優衣、もう挿れさせて」

「まだ……イったばかりだから……」

「大丈夫、俺も長くは保たない。悪いけど一回目はあっという間だと思う。二回目からはもっと快《よ》くしてやれるから」

「えっ、二回目って……？」

優衣の言葉を聞き終える前に、俺は避妊具を素早く装着した。

不安げに見守る優衣に「挿れるよ」とだけ告げて、己の切先を蜜口に充てがう。

グッと押し込むと、十分に濡れそぼったそこは先端をなんなく受け入れた……が。

──うわっ、キツい！

なぜかそこから先の抵抗感が強く、腰を進めようとしても奥から肉壁が押し返してくる。

「ごめん、優衣、力を抜いて」

「力？　……えっ、どうしたら……」

「……優衣って、彼氏がいたよな」

こんな時に元カレのことなど口に出したくもないが、あまりの狭さにまさか処女ではないだろうと確認してみる。

「彼氏は……いたけど、最近はお金を借りに来るだけで……シてなかったから……」

──マジか！

「シてないって……どれくらい？」

「二……ううん、三ヶ月？　もうあまり覚えてなくて」

ごめんなさいと謝る彼女の声に、「よしっ！」と喜ぶ俺の声がかぶさった。

優衣にはつらい思い出だろうが、俺にとっては朗報だ。

これは俗にいうセカンドヴァージンという奴じゃないだろうか。

……と同時に、残念なお知らせをしなくてはならない。

嬉しさのあまり興奮状態が振り切れた張りは、処女なみに硬くなっていたソコを突破するまで保たなかった。

歓喜に沸いた俺の感情は爆発し、開放感とともに……下半身も暴発したのだった。

――くっそ～、ダサすぎるだろ！

「……ノーカンだ」

「えっ？」

「いや、なんでもない。優衣、今度はゆっくり進めよう」

今のはノーカウントだと自分に言い聞かせ、落ち込む心を奮い立たせる。

しかしありがたいことに優衣の秘部に指で触れた途端、たった今果てたばかりの下半身もグイと鎌首《かまくび》をもたげて反り返る。

――挿れたい！

今すぐにでも挿入したい。

一気に突き立てて優衣のナカを掻きまわしてグチョグチョにして啼《な》かせたい。

――だけどその前に……

「優衣、好きだよ」

今度はちゃんと落ち着いて、彼女をゆっくりほぐしてあげたい。

少し渇いた彼女の唇をペロリと舐めて、柔らかいキスを落とす。

「口を開けて、舌を出して」

言われるがままに差し出してきた彼女の舌は、小さくて赤い。

可愛らしいそれをジュッと吸ってから、俺の舌で先端をつついてやる。

舌先だけの交わりでも感じてくれているらしい。優衣の伏せたまつ毛が震えている。

舌を絡ませたままゆっくりと唇を重ねると、今度は口内で舌がもつれあう。

重なる口の間でお互いの吐息が漏れ聞こえ、優衣も求めているのだと教えてくれる。

唇を首筋に移し、舌を這わせながら鎖骨へ、そしてその下へと向かう。

胸の谷間で音を立てて強く吸い上げると、優衣が「んっ」と可愛く鼻を鳴らした。

嬉しくて、調子に乗ってすぐ横の白い膨らみにも痕《あと》をつける。所有の印の花びらが二枚。満足感で頬が緩む。

左の乳輪をねっとりと舐め上げ、先端を舌先で転がし。右の乳房には指を沈めて揉みしだいていると、目の前のピンクの突起が芯を持ち、ツンと勃《た》ち上がってきた。

指でキュッとつまんでみせると、頭上から「やぁっ、んっ……」と艶《つや》のある声が聞こえてくる。

気づくと優衣が膝を立てて擦《こす》りあわせているのが視界に入り、彼女も疼いているのだなと、胸に歓喜が湧き上がる。

俺は優衣の胸から離れると両手で彼女の膝を開き、その間に陣取った。

愛液でぬらりと光っているそこに人差し指を差し入れると、それはクチュッと音を立てて奥まで呑《の》み込まれていく。

優衣が「あっ」と声を上げたものの、別段つらそうにはしていない。指一本なら大丈夫なようだ。

ゆっくりと抽送を開始し、戻るときに内壁の天井を指の腹で擦ってやる。

それを何度か繰り返しているとナカがどんどん潤《うるお》いを増し、指の運びをさらにスムーズにさせる。

「あっ！　……ダメっ！」

ある一点を通過した瞬間、優衣の腰がビクンと跳ねた。

「そうか、ここなんだな」

優衣の感じる場所を発見した。これでもっと彼女を快くしてやれる。

指の腹でそこをツルリと撫で、ソフトタッチでトントン……とノックする。

ナカがギュッと指を締めつけ、優衣が身をよじる。脚を閉じたいようだが、間に俺がいるため敵《かな》わない。

「ダメっ、感じすぎて変になっちゃう！」

ナカをこんなに濡らして蠢《うごめ》いているくせに。舌足らずの懇願《こんがん》が可愛くていじめたくなる。

「優衣のココが締めつけて指を離してくれないんだ。まだまだ足りないって言ってる」

俺はそう言いながら中指も加え、指二本で優衣の敏感な部分を内側からグッと押し上げる。

「やぁああっ！　もう本当に……イっちゃうから！」

「いいよ。イってもやめないけど……何度でも気持ち快くしてあげる」

「いやっ、ダメっ……本当に……」

優衣は眉間に皺《しわ》を寄せ、半開きの唇で喘《あえ》いでいる。

その表情のエロさに俺の屹立がドクンと脈打つ。

早くナカに挿れたい。俺の指を包んでいるこの熱を、己の分身で感じたい。

――だけどまだ、もう少し……。優衣を痛がらせたくない。

指二本を揃えて抽送を速めていく。奥で回転させるようにして内側を徐々にほぐす。

同時に左手の親指に蜜をまとい、花芯をクルリと一撫でした。

すでに興奮して大きくなっているソコは、軽く触れただけなのにピクンと跳ね、誘うように赤く色づく。

「これは……堪《たま》んないな……」

ゴクリと唾を呑み込むと、ふらふらと顔を寄せ、赤い蕾を食《は》む。

唇でその弾力を楽しみ、軽く歯先を立てる。

「あぁぁあっ！　んんっ！」

優衣の腰がブルリと震え、太ももが両側から俺の頭を痛いほど締めつける。

それでさえ今の俺には喜びだ。

——イったか。

「ごめん優衣、まだ味わわせて」

今の状態ならもう俺が挿入《はい》っても受け入れられそうだ。

だがきっと、俺が長くは保たないだろう。

こんなのは過去になかったことだが、すでに全身の血液が先端に集まり、はちきれんばかりになっている。

早く優衣を俺でいっぱいにしたいと疼き暴れ、俺の理性を奪おうとしている。

——だからまず先に……

「もう一度イって」

指を三本に増やして内壁をぐるりと擦れば、優衣は顔を激しく左右に振って苦痛の表情を浮かべる。

たった今イったばかりだ。大きな刺激の波が苦痛となっているのだろう。

「すぐにまた快くしてあげるから。素直に感じて、もっと啼いて」

再び蕾に口づける。達して少し柔らかくなっていたソコは、俺がペロペロと舐めると、あっという間に勃ち上がった。それを舌でプルプルと左右に揺すってやる。

「ふっ……あ……やっ」

「これ、嫌い？　気持ち快くない？」

わざと蕾に息を吹きかけるようにして問いかける。

優衣は一瞬息をつめて黙り込んだものの、しばらくしてから「……嫌いじゃ、ない」と呟《つぶや》いた。

俺の分身がズクンと痛む。

はやく、早く挿れたい。このままでは俺は狂ってしまう！

指のスピードを速め、同時に蕾への口淫を激しくする。

「優衣、イけっ！」

「やっ、あっ……ああ――っ！」

優衣のナカが俺の指を締めつけて、そして弛緩した。

――やっとだ。今度こそ……

「挿れるよ、優衣」

俺は避妊具を被せた漲りを片手で支え、くったりと脱力している優衣のソコに充てがった。

つぷっ……とカリまで挿入すると、そこで一旦呼吸を整える。

さっきはここで中から押し戻されて果ててしまった。今度はあんな失態を犯したくない。

緊張を隠しながらゆっくりと腰を揺らし、漲りを進めてみる。

やはり優衣のナカは狭いが、先ほどのような強い抵抗は感じない。

ズッ……とさらに奥へと進む。

「あっ……ん……」

「キツい？　大丈夫？」

「ん……だいじょ……ぶ」

シーツをキツく摑んでいる優衣の手を握りしめ、指を絡める。

目を閉じ口で呼吸している彼女を見下ろしながら少しずつ腰を揺すっていると、隘路が徐々にほぐれだし、蠢きながら俺のモノを呑み込んでいく。

まるで奥へと誘うようなその動きにそろそろ大丈夫だと確信した俺は、最後の一戦を越える覚悟を決める。

腰を軽く引き、それから勢いをつけて優衣との結合部に叩きつけた。

「ああ——っ！　や……っ！」

嬌声を上げる優衣をキツく抱きしめ、その声ごと貪《むさぼ》るようにキスをする。

腰が甘く痺れ、全身をえも言われぬ快感が包み込む。

繋がったそこから二人が溶けて一つになるような感覚。気持ち快すぎて頭がクラクラする。

——これは……夢じゃない、よな？

「ん……っ、はっ……」

「優衣……っ！」

——俺は今、ようやく優衣のナカに包まれている。

「やっと……やっとだ……」

幼い優衣に出会ったあの日。

彼女の前で涙を流したあの瞬間に、たぶん俺は恋をした。

だけどそれきり会うこともなく……そのままであれば、ただの淡い思い出で終わっていたんだろうと思う。

初恋の相手は優衣だったが、ずっと彼女のことだけを想っていたわけではない。

それなりに彼女はいたし、身体の関係もあった。

だけど、常に頭の中には優衣の存在がしっかりと息づいていて。

たとえば隣にいる誰かがコホンと咳をするたびに。

冷たい北風がヒュッと頬をかすめていく瞬間に。

俺はあの日の七歳の少女の顔を思い浮かべては、心を温かくしていたんだ。

そしてずっと考えていた。

いつかどこかであの子に会えたなら、自分はあの日のサンタだよ……と名乗りたい。

俺は君のおかげで医師になれたんだよ。

ずっとずっと会いたいと思っていたんだよ……

そう告げる瞬間を想像しては胸をときめかせていたなんて言ったら、あまりにも嘘っぽいだろうか。

だけどあの時の感情に名前をつけるとしたら、それは紛れもなく『恋』なんだと、今は心からそう思えるんだ。

俺の中にはずっと君がいた。

そして再び君に巡り逢えた。

だからこれは運命なんだと、そう言ってはいけないだろうか？

俺の初恋が……一度目の恋があの十五年前の冬の日だとしたら、俺は病院で再会した君に、二度目の恋をしたんだ。

「優衣……っ、好きだっ！　愛してる！」

ぴったりと身体を重ね、舌を絡め。

やっと一つになれたこの感動を噛みしめる。

胸が震えて瞼の裏がジワリと熱くなる。

腰をゆるりと動かし彼女の柔らかさを確かめて。

お互いの粘膜を擦りあわせ、そこから生まれる甘い痺れに恍惚《こうこつ》として。

優衣の腰もかすかに動いている。彼女も感じて喜んでいるのだ。

「……は……っ、最高」

優衣のナカは想像以上に狭くてキツくて熱かった。

俺のモノを咥《くわ》え込んで離さず、早く達してしまえと誘惑しているようだ。

何度もギュウッと締めつけては吐精感を煽《あお》ってくる。

「優衣、一緒にイきたい……激しくしてもいいか?」

「ん……」

うっすらと目を開けた優衣の瞳は熱っぽく潤んでいる。

目元がピンクに染まり、「はっ」と吐息を零す表情が劣情を煽る。

「いいよ、激しく……して」

優衣のナカで己の分身がグンと膨張し、彼女の隘路をみっちり圧迫する。

「やっ、凄い……っ!」

苦しそうな表情を浮かべた彼女にチュッとキスをしてから、俺は上半身を起こし、優衣の腰を抱える。

ガチガチになった屹立を出口ギリギリまで引き抜くと、最奥めがけて突き挿した。

「嫌ぁああっ! あぁっ!」

そこからの俺はもう興奮状態だった。

狂ったように腰を振り続け、ひたすら優衣のナカを蹂躙《じゅうりん》し続ける。

嬌声を上げる優衣の顔と、突き上げるたびにプルンと揺れる白い乳房を見下ろしながら、絶頂目がけてラストスパートをかける。

汗が滴《したた》り目に入る。だけどもう止まれない。

「もうっ、もうダメっ、イっちゃう！」

「大丈夫だ、俺もだから……一緒にイこう」

「でもっ、もう……っ、ああっ……イくっ！」

「俺も……っ、くっ……」

動きが小刻みになり、ピタリと止まり。

結合部に腰を押しつけると優衣のナカで俺自身がビクンビクンと数回跳ねて、やがてそれは終息を迎えた。

満足感と多幸感に身体中満たされながら彼女を見ると……優衣はすでに意識を手放し夢の中だった。

3、塩谷先生の恋人

「……だから、俺は同情とか慰《なぐさ》めで君を抱いたわけじゃない」

塩谷《しおや》先生は私を抱きしめながら、十五年分の想いと再会してからの一年間の苦悩を語ってくれた。

そして語り終えると身体を離し、日本人離れした茶色い瞳で私をまっすぐに見つめる。

「どうして気づかなかったの？　俺は一目で優衣《ゆい》だとわかったのに」

覚えていてほしくて、最後につけ髭《ひげ》も眼鏡《めがね》もはずしたのに……と、先生は私の頬を手の甲でそっと撫《な》でながら、拗《す》ねるような、少し切なそうな顔をする。

だけど言い訳させてほしい。あのときの私はまだ小学校一年生で、サンタさんを素直に信じているいたいけな七歳児だったのだ。

それが病室に本物のサンタが現れて、別れ際にいきなり髭と眼鏡をはずしたと思ったら中身は綺麗《きれい》な顔の天使様で。

そんなのあっけにとられても仕方がない。

「髭をはずした先生があまりにも美しかったから……天使が現れた！　って思ったんです」

だってあのときの先生は、あまりにも日本人離れした、彫りの深い美少年だった。まさしく宗教画から抜け出した天使のごとく。

真剣にそう思っていた私は、退院後の小学校の教室で『サンタクロースの正体は天使なんだよ。天使がサンタさんに化けてるの』と真顔で語り、クラスのみんなに大笑いされてしまったという苦い思い出がある。

さすがに大きくなってからは、あのときのサンタさんは病院が雇ったニセモノだったと気づいたが、薄暗い病室の中で一瞬見ただけの顔など正確に覚えていられるわけもなく。

それは徐々に記憶から薄れていき、いつしか宗教画によくある天使の顔に置き換えられていたのだった。

「そんなのちゃんと覚えてるわけないじゃないですか。小一のあやふやな記憶力を舐《な》めないでくださいよ」

「ハハッ、舐めないでくださいよ……って、そんな自信満々に言われても」

そう言いながら先生は、さっきからずっと私の顔に触れ続けている。

三日月のように目を細め、まるで輪郭を確かめるように、私のこめかみを、頰を顎を、指先でたどる。

「だけど俺は、覚えていたんだ……」

私の髪をかき上げ耳にかけると、おでこにそっと唇をあてた。

チュッと音を立てて離れると、大きな両手で私の頬を挟み込み、再びジッと見つめてくる。

そんな綺麗な顔で、しかも至近距離で優しく微笑むのはどうかやめていただきたい。心臓に悪すぎる！

「先生、あの、近すぎ……」

「返事は？」

「えっ？」

「俺は付き合ってって言った。その理由も話したし、ちゃんと気持ちを伝えた。それで優衣は？　俺をどう思ってるの？」

どうと言われても、どうにもならないです。だって相手はあの塩谷先生なんだもの。

「えっ、無理ですよ」

「はぁ⁉」

私があっさりと答えると、塩谷先生は愕然《がくぜん》とした表情で固まった。

いやいやいや、先生、どうしてそんなに驚いているんですか。

昨日の今日でいきなり付き合うとか、そっちのほうがありえないでしょう。

「十五年間……」

「えっ？」

「君はさっきの話を聞いてたのか？　俺は十五年前からずっと優衣を想い続けていたんだぞ！」

「十五年前からって、先生やっぱりロリ……」

「言うな！　俺の中でそこだけは認めたくない部分だ。せめてそこはグレーゾーンにしておいてくれ」

あの時は欲情していなかったし手も出していなかったからギリセーフだ……と言いながら、先生は私を押し倒す。

やや乱暴に口内を貪《むさぼ》ってから、濡《ぬ》れた私の唇をペロリと舐めて、上から見下ろした。

「……っ、なっ、何してるんですか！」

「キスをした。俺は優衣のことが好きだからな」

「すっ、好きって！　それにこの体勢！」

だって塩谷先生は、私なんか相手にしなくても超絶モテるじゃないですか。それに……

「かっ、彼女がいるくせに！　マキ先生に言いつけますよ！」

自分も同罪のくせに咄嗟《とっさ》にそう叫《さけ》んだら、塩谷先生はあっさりと「言えばいい」と言い放つ。

「ひどっ！」

「言っただろ、アイツは彼女でもなんでもない。俺が優衣とこうなったって聞けば逆に大喜びするさ」

「それ、どういう……」

だって二人は病院中の公認カップルで、先生も否定していなくて、本当に仲がよくて……

「今すぐ理由を言えたらいいんだが……これは俺だけの問題じゃないんだ。いずれちゃんと説明するから、とにかく今は俺の言葉を信じてほしい」

――信じろと言われても……

ここで『はい付き合います』なんて言ったら、あとで絶対に後悔することになる。

そう過去の経験が教えてくれている。

すぐに信じて流されて、そして捨てられるのは、もう嫌なのだ。

「私は彼氏に振られたばかりなんです。それがちょっと優しくされただけで流されて抱かれて……こんなのあまりにもチョロすぎるじゃないですか」

本当にチョロすぎる。

塩谷先生の笑顔にときめいて、昨夜の熱に浮かされて、ちょっとその気になっている自分が怖い。

――ダメだ、調子に乗っちゃ……

「チョロくて何が悪い」

塩谷先生が真面目《まじめ》な顔で言い募《つの》るから、思わず「はぁ?」と声が出た。

「チョロくて俺に抱かれてくれたのなら万々歳だ。俺だけにチョロくなって。それで、もう俺で最後にして」

「先生……」

「俺にはもう二度と抱かれたくない？」

「えっ？」

「俺とのセックスは嫌だった？　下手くそだった？　気持ち快《よ》くなかった？」

次々と問い詰められて、言葉に詰まる。気づくと先生の右手が私の胸を包み込み、ゆっくりと持ち上げるようにしながら愛撫をはじめていた。

「あ……っ……」

「これは？　気持ち快くない？　乳首が勃《た》ってるけど」

「はっ、ん……気持ち……いい…です」

「よかった……俺にも触ってみて」

塩谷先生に手を引かれ触れた下半身は、驚くほど硬く太く、そしてドクドクと脈打っていた。ギュッと握りこまされた先端は、すでにヌルリと潤《うるお》っている。

「凄い……」

「……俺をこんなにするのは君だけだから。優衣だから何度でも抱きたくなる」

怒張した屹立を私の股に押しつけながら、先生がバリトンボイスで囁《ささや》いた。

「このまま流されてよ。全部俺が悪いことにすればいい。優衣はただ、俺に流されて……」

――ああ、やっぱり私はチョロい女だな。

「言っただろ？　俺は身も心もトロトロにトロけるほど甘やかしてやりたい。優衣に甘やかされる喜びを教えてあげたいんだ」

そう言われて、私はみずから塩谷先生の背中に腕をまわしていた。

塩谷先生が遊び人だという噂《うわさ》は本当だと思う。

だってキスが、指づかいが、舌の動きが、腰づかいがっ！　……驚くほどに上手すぎる！

緩急つけた動きが絶妙で、すべてが気持ち快《よ》すぎて……恥ずかしい声が出るし、我を忘れて何度もイかされてしまうのだ。

絶対にテクニシャンだ、経験豊富だ。さんざん女を泣かせてきたに違いない。

塩谷先生の腕にすっぽり包まれながら胸に顔を埋めてそう言ったら、頭の上に先生の顎がコツンと乗って、「バカか、そんなの信じるな」と声が降ってきた。

「そういう噂があるのは知ってるし、何を言われようが構わなかったから放置してたけど……やっぱり気になるよな」

過去に迫られて断った女は、院内だけでも数知れず。

その中の何人かが腹立ち紛れに好き勝手言っているだけだと先生は言う。

「そりゃあ今までに彼女はいたし、それなりの経験はあるけどさ。遊びで付き合ったことはないし、ましてや院内で誰かに手を出したことなんて一度もない」

そう言われて驚いた。

『何人も手を出している』は大げさだとしても、病院スタッフの一人や二人、三人四人は確実にポイ捨てしているものだと思い込んでいたから。

人の噂は本当に恐ろしい。

誰かがもっともらしく語った嘘《うそ》に尾ひれがついて、ウイルスのように広まっていく。

かくいう私もそれを鵜呑《うの》みにして先生を遠巻きに眺《なが》めていた。

優秀な医師であることは認めつつ、それでも心のどこかでひどい男だとレッテルを貼り、距離を置いていたように思う。

改めてそう考えると、目の前の塩谷先生が、なんだか可哀想《かわいそう》に思えてきた。

真摯《しんし》に患者と向き合っているのに。

いい加減な火遊びをしないだけなのに。

勝手に恨まれて陰口を言われて、でも一切の反論をせずに黙々と仕事をして。

『塩対応の塩谷先生』になるまでには、相当な苦労や葛藤があったのだろう。

そしてそう呼ばれることに抵抗がないわけがない。

だって彼はこんなに素敵《すてき》な笑顔を持っているのだ。

それを封印して過ごさなくてはならないなんて、平気なはずがない。

胸がギュッと苦しくなって、切なくなって。身体を起こして先生を胸に抱き寄せていた。

「先生……泣いてもいいんですよ」

嬉《うれ》しかったら笑えばいいいし、つらい時には愚痴《ぐち》ればいい。

病院でそんな顔を見せられないのなら、私の前でだけは我慢せずにさらけ出せばいい。

「我慢してるとハゲちゃいますよ。先生はせっかくハンサムなんだから、ハゲたらもったいないです」

私がそう言ったら、私のささやかな胸に鼻を擦りつけながら、先生がハハッと笑った。

胸に息がかかってくすぐったい。

「あの日も優衣はそう言ってくれたな……泣いてもいいんだって」

それは私もなんとなく覚えている。

あのときサンタさんが涙を拭《ぬぐ》ったのを見て、何かをすごく我慢しているように感じたのだ。

だけど、私が深く考えずに発したひと言が先生の救いになっていたのだとしたら……彼が言っていた『運命』という言葉も、まんざら大げさではないのかな……なんて思えてきて。

それが私の心を揺らして震わせて、『ああ、好きだな』なんて思ってしまって。

「先生……いいですよ」

「えっ？」

「お付き合い……してみます？」

一瞬、先生の肩が跳ねて、息を呑《の》んだのがわかった。

腰にまわされた腕にギュウッと力が加わったかと思うと、彼の背中が震えだす。

私の胸にジワリと温かいものが沁み込んでくる。

「塩谷先生、先生が泣いたときは私がいくらでも慰めてあげますからね。そのかわり、嬉しいときにはケチらずにとびきりの笑顔を見せてくださいよ」

彼の背中をゆっくり撫でていると、グスッと鼻をすする音が聞こえた。

「フッ……それじゃあ、俺が落ち込んでたら優衣が慰めてくれるの？」

「はい。こんなふうに抱きしめて背中を撫でてあげるし……ほっぺにチュッくらいはしてあげます」

するると先生は私に抱きついたまま潤んだ瞳で見上げ、意地悪く口角を上げる。

「……ダメだな、それくらいじゃ満足できない。もっと濃厚なのじゃないと」

「えっ？」

言うが早いか、私はあっという間に押し倒されてしまう。

「ええっ、なんかこれ、デジャヴなんですけど！」

「ああ、これからすることもデジャヴだな。もっと濃厚なのにするけど」

「ええっ！」

「慰めてくれるんだろ？　だったら優衣を味わわせてくれるのが一番効果的だ。ほら、めちやくちゃ元気」

片手を先生の下半身にあてがわれ、ソコは確かにめちゃくちゃ元気で……って、これもさっきと同じ！

「先生、ダメです、私の体力が限界！」

「大丈夫、優衣は今日が一日中休みで、明日は夜勤だろ？　今から昼過ぎまでヤったとしてもゆっくり寝られる。今夜も泊まればいい」

――えっ⁉

「……先生、私の勤務を把握してるんですか？」

「当然だろ。それに合わせて病棟に会いに行かなきゃいけないからな」

「嘘っ！　それってストーカ……」

「待てっ、みなまで言うな！　そこは見守りと言ってほしい」

黙り込んだ私に先生の目が泳ぐ。

「……今さら付き合うのはなしとか言うなよ」

「検討させていただけますか」

「ダメだ、絶対にダメ！　凹《へこ》んだ！　今のでめちゃくちゃ落ち込んだから慰めてくれ！」

「きゃっ！」

胸にむしゃぶりつかれたと思ったら、彼の右手が下へと滑り、脚の間に指を差し入れ……

人差し指にまとった愛液を、微笑みながらペロリと舐めた。

「うん、美味しい。少し元気になった。だけどまだ足りないな」

先生は色気たっぷりの蠱惑的《こわくてき》な瞳で、「どうする？　前言撤回してくれたら、優衣のココも気持ち快くしてあげられるんだけど」と私の繁みに手のひらを這わせる。

――もう、ズルい！

さっきまで泣いてたくせに。私にしがみついてたくせに。

だけど私の身体は甘く疼《うず》いていて、このままおあずけなんて耐えられそうにない。

「…………さい」

「えっ？　優衣、なんだって？　ハッキリ言って」

――私ってやっぱりチョロすぎる！

「私とお付き合いしてください！　……もう、早く、お願いだから……して」

「ふはっ、喜んで」

先生の頭が下に沈んでいく。直後に私の脚が大きく開かれたかと思うと、チュ――ッという音とともに、花芯に強烈な刺激が走る。

「ああ――っ！　いきなり……ダメっ！」

「優衣……美味しい。好きだ、大好き。いっぱいイかせてやるからな」

「あっ、やっ、凄い……っ！」

舌で、指で、熱い屹立で、容赦なく攻められ高められて……目の前で光が弾《はじ》け、私は意識を手放した。

＊　＊　＊

日曜日の真夜中過ぎ。

病室の見廻り《ラウンド》を終えた私がナースステーションに戻ると、先に担当部屋を廻り終えていた奈々子《ななこ》がパソコン画面から顔を上げた。

「お疲れ～、そっちは問題なかった？」

「大丈夫。二号室の岸田《きしだ》さんのレスピレーターチェックに時間がかかっただけ」

それぞれの電子カルテに患者の容態を記入し終えると、ナースステーション中央にある大きな丸テーブルに移動して並んで座る。

私達が働いている大学医学部附属病院は、病床数千床を有する県下最大の国立病院だ。十四階建ての白い建物は、円形のタワーを中心に東西のウイングに分かれていて、呼吸器内科は西棟の十三階に位置している。

私達は夕方からの夜勤中で、翌朝、日勤者に引き継ぎを終えるまでの十数時間、三人体制で患者の看護にあたる。

もちろんぶっ続けで働くわけではなく一人ずつ交代で仮眠をとることになっており、今は先輩ナースの三木元《みきもと》さんが仮眠室に入っていた。

「さっきの話の続きだけどさ、本当に大丈夫なの？　先生に騙《だま》されてない？」

奈々子は仮眠室のほうをチラリと見てから、私に顔を寄せて小声で話しかけてきた。

ここでの会話は、仮眠室のドアを閉めている限り向こうに聞こえないだろうけど、念には念を……ということなのだろう。

確かにこの話を三木元さんに聞かれるわけにはいかない。

奈々子が言う『さっきの話』とは塩谷先生についてだし、三木元さんは塩谷先生の大ファンを公言している肉食系ナースの一人なのだから。

じつをいうと私は今日の出勤前に喫茶店で奈々子と会っていて、そこで金曜日の夜から今朝にかけて起こった出来事をすべて話していた。話せる範囲で……だけど。

奈々子に話すのは塩谷先生も了承済みだ。

金曜日の歓送迎会の騒ぎのあと、奈々子は私を心配して何度もメールを送ってくれていたのに、私がそれに気づいたのは土曜日のお昼過ぎになってから。

どうして昼過ぎまでメールに気づかなかったのかは……どうかお察しいただきたい。

あれからどうだった、大丈夫だったのかと気づかう文面への返事に困った私は、素直に塩谷先生に相談してみた。

そしてそれに対する先生の答えは、「ああ、森口《もりぐち》さん？　いいよ、全部話せば」と、非常にあっさりしたもので。

先生なら絶対に隠したがると思っていたので意外に感じていると、彼は私を安心させるためか、大きな手のひらで頭をポンポンと優しく撫でて、こう言った。

「確かに俺達のことを病院でオープンにするわけにはいかないだろう。優衣に危険が及ぶのは絶対に避《さ》けたいからな。だけど森口さんは優衣の親友だろ？」

優衣を大切に思ってくれている彼女なら信用できる。優衣が傷つくようなことをするはずがない……と続ける。

「優衣だって森口さんに嘘をつきたくはないだろうし、それに一人くらいは俺とのことを相談できる相手がいたほうがいい」

そう言われて驚くとともに感動を覚えた。

塩谷先生はどうして私の気持ちがわかったのだろう。だってまさしく先生の言うとおり。奈々子には過去の恋愛からずっと相談に乗ってもらっていたし、心配させっぱなしだった。

順也にフラれた時は、私以上に怒って慰めてくれた。

そんな彼女に嘘をつきたくないし、できるなら塩谷先生とのことも聞いてもらいたい。

そんな私の気持ちを汲み取ってくれる先生の気持ちが嬉しかったし、その優しさにさらに好感度がアップしたのは言うまでもない。

——それにしても、塩谷先生の観察眼の鋭《するど》さには感服するしかないな……

病棟で常に塩対応の先生とは、仕事の話をするだけで雑談を交わしたことさえなかった。なのに、奈々子の人柄のよさをちゃんと見抜いていたなんて凄すぎる。

先生にそう告げると、

「えっ？　ああ……まあ、医師には観察力が必要だからな、彼女の真面目な仕事ぶりを見ていればわかることだよ、ハハハッ」

そう曖昧《あいまい》に笑っていた。

その勢いで夜勤前に奈々子にすべてを告げ、一緒に出勤して……今に至る。

私も仮眠室のドアに目を配ってから、控えめに声を出す。

「今までが今までだったから奈々子が心配するのはもっともだと思うけど、塩谷先生は違うと思うの」

「違うったってさ、あの百戦錬磨で遊び人の塩谷先生だよ？　調子のいいことを言うだけならいくらでも言えるじゃない」

確かにそのとおりではあるけれど、話を聞いて先生が本当は真面目な人だとわかったし、嘘をつかれているようには感じなかった。

私がそう言うと、奈々子は深いため息をつく。

「優衣は今までそうやって信用して騙されてきたんじゃない」

うぐっ！　悔しいけれど、それを言われると反論できない。

私の男を見る目は確かに節穴なのだから。

――ということは、私はまた騙されてるの⁉

落ち込む私に、「だけど」と奈々子が続ける。

「さっき喫茶店で優衣から話を聞いて、ひとつ思い出したことがあって……」

「思い出した？　何を？」

「じつを言うと、カフェテリアでの塩谷先生遭遇率が異様に高いな……とは思ってた」

「えっ、カフェテリア？」

奈々子が言うには、私達が病院のカフェテリアに行くと、しばらくしてから塩谷先生が現れるというパターンが非常に多いのだという。

しかも先生が好んで座るのは、私の後ろ側、ちょうど背中合わせになる席らしい。

「ちょっとアレッ？　って思ったりもしたんだけど、まさかあの塩谷先生が優衣狙いとは思わないじゃない？」

だから奈々子は、『塩谷先生はあの席がお気に入りなんだな』……と結論づけていたのだそうだ。

「ええっ、知らなかった！」

思わず大きな声が出た。

「優衣からは見えないからね。でも優衣の向かい側に座ってた私からは丸見えだったの。あれがじつは、少しでも優衣の近くにいたかった……と考えれば、確かに辻褄《つじつま》は合うのよね」

「いや、それはどちらかというと、ストー……」

「見守りだ」

「えっ⁉」

私と奈々子が同時に振り返ると、そこには噂の人物、塩谷先生が立っていた。

黒いポロシャツにベージュのチノパン、そこに白衣をサラリと羽織った先生は、ナースステーションの入り口で腕を組み、ドアにもたれている。

――私服姿もいいけれど、塩谷先生はやっぱり白衣が似合うなぁ……って、見惚《みと》れている場合じゃない！　当直でもないのに、どうして先生が今ここに？

先生とは今日……というかもう昨日になったけど……の午後、タクシーで私のアパートの前まで送ってもらって別れたばかりだ。

それまでの一日半近く、私はホテルで先生と、ほぼほぼ抱き合って過ごしていた。

明日は私が夜勤明けで帰宅し、先生は朝から外来。だから火曜日までは会えないね……って別れ際にキスをして……

あのときの別れを惜しむ濃厚なキスを思い出し、ボボッと顔が熱くなる。

頬をおさえて狼狽《うろた》える私を尻目に、奈々子はナースのお仕事を忘れていなかった。

「優衣、先生に報告したほうがいいんじゃないの？　ほら、本郷《ほんごう》さんの」

奈々子に指摘され、私は慌てて立ち上がると、電子カルテを起動させて先生を振り返る。

「七号室の本郷さんですが、ＳｐＯ２が80％台に下がって吸引しても数値の上昇が悪く、当直医の指示で酸素マスクに変更になりました」

先生は私の隣に来てカルテをのぞき込むと、「ありがとう。明日の朝、血液ガス測定をするよ。ＣＯ２ナルコーシスが怖いからな」と言って、カルテに指示を書き込んだ。

「あとは先生の患者さん、特に変わりありませんよ。こんな時間にどうされたんですか？」

「ああ、ちょっと受け持ち患者の見廻りをと思って」

それを聞き、私と奈々子は顔を見合わせる。

そりゃあ休日であっても、ドクターが患者の様子を診《み》にくることは珍しくない。

珍しくはないが、それは大抵昼間の話で、夜勤帯に来るとすれば患者の急変で呼び出されたときくらいなものだ。

「先生……消灯後にいらしても、もう患者さんは寝ちゃってますよ」

私の言葉に先生が「あっ！」と声を発して固まった。

――「あっ！」じゃないでしょ！

うろんな眼差《まなざ》しを向ける私とは違い、奈々子は笑いを堪《こら》えつつ、先生に私の隣の席をすすめる。

「まあまあ、先生どうぞこちらにお掛けください」

奈々子に促された先生は戸惑うように私の顔を見たが、私が「どうぞ」と言った途端へらっと表情を崩し、いそいそと椅子《いす》に腰掛けた。

その姿はまるで『待て』を解除された忠犬ハチ公……いや、先生の場合はシベリアンハスキーかな。

「へぇ～っ、先生ってそんな顔もするんですね」

奈々子にマジマジと顔を見つめられ、先生は「んっ、俺の顔？　何か変だろうか」と顎に触れ、髭の剃《そ》り残しを確認している。

――いやいや、先生、奈々子が言っているのはそんな意味ではないと思いますよ。

私がクスッと笑うと、先生が「えっ、何？　なんなんだよ」と私の顔をのぞき込む。

「ふふっ、ダメですよ、全然『塩対応』ができてないじゃないですか」

私が笑いだすと、先生も「ハハッ、まったく、なんなんだよ君は」とつられて笑う。

昨日からの塩谷先生は、私が今まで見てきた塩谷先生とはまったくの別人だ。

よく喋《しゃべ》るしよく笑う。そしてなんだか可愛らしい。

じつは生き別れの双子の弟です……と言われても、みんな信じてしまうんじゃないだろうか。それくらいキャラが違うのだ。

そういう顔を見せてくれるのが、嬉しいな……と思う。

笑いもおさまって、ハァッと息を整えて。

それでも塩谷先生はここから立ち去ろうとしない。

思いがけず顔を見られたのは嬉しいけれど、ここには何をしに？　という疑問が残る。

「……先生？」

すると突然塩谷先生がガタリと立ち上がり、テーブルに両手をついて奈々子を見た。

「えっと……こんばんは、塩谷匡史《ただふみ》です」

「……知っています」

先生は奈々子のごもっともな突っ込みに頬を赤らめ、後頭部に片手をやりながら言葉を続ける。

「えーっ……このたび野花《のばな》優衣さんとお付き合いさせていただくことになりました。彼女を大切にするので、親友のあなたにも認めていただければと思います」

——えっ？

そんな塩谷先生に、真剣な眼差しで奈々子が問いかける。

「……遊びじゃないですよね」

「違う、真剣交際」

「井口《いぐち》マキ先生は本当に彼女じゃないんですか？」

「彼女じゃない、神と優衣に誓って」

そこでようやく奈々子が笑顔を見せた。

「凄い……優衣が病院一のモテモテドクターをゲットした！」

「ハハッ、ありがとう。俺が優衣をゲットしたんだけどね。彼氏として認めてくれた？」

先生に右手を差し出され、奈々子が握りかえす。

「ちょっと優衣！　先生のキラースマイル、ヤバいんだけど！　あなた、こんな眩《まぶ》しい笑顔をずっと見てたら目が潰れるよ！」

「ふふっ、私もそう思う」

そうこうしているうちに、そろそろ次のラウンドの時間が近づいてきた。

先生は一歩出入り口へと進んでから、もう一度奈々子を振り返る。

「森口さん、これからも優衣をよろしく」

「はい、了解です！」

「それと……俺の彼女を他の男から……守ってほしい」

そう付け加える先生に、奈々子はクスリと笑う。

「ああ、意訳すると、優衣に他の男が近づかないよう見張っておけっていうことですね」

「まあ、うん、そういうことです」

よろしくお願いします。と丁寧《ていねい》に頭を下げる姿を見て、奈々子が恐縮している。

そのとき、仮眠室のドアがバタンと開き、中から三木元さんがあくびをしながら出てきて……塩谷先生を見つけた途端に「きゃ――――っ！」と黄色い声を上げて駆け寄ってきた。

「先生、どうしたんですか？　わぁ、嬉しい！　あっ、化粧をしてない！　先生、ちょっと待っててください！」

化粧をしに奥に駆け込んでいく背中に「本郷さんの様子を見にきただけですから」とかける声は冷たく、いつもの『塩対応の塩谷先生』に戻っていた。

先生はもちろん三木元さんのお化粧直しを待つはずもなく。

「それじゃ優衣、また連絡する。少しだけでも会えてよかった」

私の耳元でコソッと囁いて、ついでにほんのかすかに唇を耳朶に触れさせて……先生は颯《さっ》爽《そう》と病棟を去っていったのだった。

そんな後ろ姿を私達は並んで見送り……

「優衣、前言撤回。あれは真剣《マジ》だわ」

私の隣で奈々子がボソッと呟いた。

＊　＊　＊

「野花さん、本郷さんの酸素をマスクから経鼻カニューレ三リットルに変更してください」

「はい」

「それから、採血とレントゲンの指示を追加しておいたのでよろしくお願いします」

「はい、わかりました」

塩谷先生と付き合うことになって、明日で一週間。

仕事の時に態度に出てしまったらどうしようかと不安だったけれど、今のところどうにか医師とナースとして普通に接することができている……と思う。

かわりに心臓はいつもドキドキしているし、目が合えばトキめいて頰が熱くなるしで、内面は動揺しまくりなのだけど。

塩谷先生はさすがに大人というか、相変わらずの塩対応で仕事をてきぱきとこなしている。

さっき他の病棟の医療事務の女子が持ってきたデータ入りCDケースに、彼女のスマホのナンバーと思しき数字が書かれた付箋紙《ふせんし》が貼られているのを見た。

彼女が「それでは塩谷先生、あとでそのCDを回収しに来るのでよろしくお願いします」と、やけにキーの高い声で告げて去っていくと、私だけではなくその場にいたスタッフ全員の視線が、塩谷先生に集中する。

先生は私達に背中を向けたままパソコンに向かい、左手でディスクをCDドライブに入れる。

そして画面に目を向けたままノールックでケースに手を伸ばすと、貼られていた付箋紙を右手でクシャリと丸めて足元のゴミ箱に投げ捨てた。

その流れるような一連の動作に、固唾《かたず》を呑んで見守っていた周囲から、「おおっ」と声があがる。

そして「やっぱり塩だな」、「ぶれないな」という声が聞こえ、またそれぞれの作業を再開し空気が動きだす。

それでも塩谷先生は振り返ることなく、パソコン画面を切り替えながら黙々と作業をこなしているのだった。

そんな真面目な先生を尊敬しつつ、皆の憧れの塩谷先生を独占できる喜びに胸をときめかせ……。

——ダメダメ、仕事に集中！　これで恋愛脳になってミスでも犯したら、とんでもないことになる！

両手でパシッと頬を挟み込んで気合いを入れると、私は点滴を持って病室に向かったのだった。

＊　＊　＊

入院患者の処置に時間がかかり、奈々子とともにお昼休憩に行くのが少し遅れてしまった。

カフェテリアは混雑していたけれど、回転が速いのですぐに空席ができる。

私達はお気に入りの奥のほうの席が空いているのを見て、すぐに座席を確保した。

タルタルソースのかかったエビフライ定食を食べていると、ポケットのスマホがピコンと鳴る。

――えっ⁉

『優衣の後ろの席が空いたら座ってもいい？』

慌てて周囲を見渡していると、向かい側に座っている奈々子が私の手をトントンと指でついて目配せをする。

彼女の視線を追った先には、壁にもたれて立ったままスマホ画面を見つめている塩谷先生の姿があった。

後ろの席⁉　と思い確認すると、そこでは薬剤師らしき三人組が談笑しながら食事中だ。

『残念ながら後ろの席は空いてませんよ』と送ると、すぐに『器《うつわ》がほとんど空になっている。彼らはもうすぐ席を立つはずだ』

と返事が返ってくる。

よく見ているな……と感心しつつ、『待っている時間がもったいないです』と打ち込んだ。

『ここで優衣を見てるのが楽しいから問題ない』

『優衣から離れて食事をする時間のほうが無駄《むだ》だ』

『空いた！　しばらくスマホは見られないから、またあとで』

立て続けにメッセージが届いたと思ったら、後ろでガタガタッと席を立つ音がして、それから入れ替わりで誰かが座る気配。

「あっ、塩谷先生、今からランチですか？　私もなんです〜」

そして甘えた声の持ち主も塩谷先生の隣に座ったらしい。椅子を引く音がした。

なるほど、これでは迂闊《うかつ》にスマホ画面を晒《さら》せないはずだ。

すぐに女子に取り囲まれる前提でいるあたり、もう慣れていますね、先生。

ピコン！

今度は向かいにいる奈々子からのメッセージ。

『さっきの医療事務の若い子！』

——えっ⁉

振り返りたい気持ちをグッと堪えて、エビフライを齧《かじ》る。

『でも心配しなくていいからね。塩谷先生、身体を背けてそっぽ向いてる』

『ハハッ、ランチを片手で囲ってガードしてね、そこに顔を埋めてモソモソ食事してるよ』

『あれだ、アレ。お弁当を見られないように隠して食べてる高校生の図！』

奈々子のたとえがおかしくて、二人で「何それ」、「だって本当にそうなんだってば！」と大笑いした。

後ろでガタッと音がして、食器の載ったトレイを戻し、カフェテリアの出口に向かう塩谷先生の姿が見えた。

食べるスピード早すぎでしょ！　胃に悪いからもっとゆっくり食べてください！　……と、あとでメッセージを送ろうと決めた。

出口の手前で塩谷先生が立ち止まり、ポケットからスマホを取り出し操作する。

『さっき二人で楽しそうだったね。何をあんなに大笑いしてたの？』

『気になって仕方ないから、明日優衣のアパートで聞かせてよ』

『優衣は明日が日勤で日曜日は休みだったよね？　俺は今夜当直だけど、当直明けで病室をひととおり見廻ったら、そのまま会いに行くから』

最後に『めちゃくちゃ楽しみ♡』と、塩谷先生らしからぬ大きなハートマークの絵文字が添えられたメッセージを送ってくると、先生はポケットにスマホを突っ込み歩いていった。

「う……っわ～」

「えっ、何なに？」

私からスマホを奪い取った奈々子は、画面を見るなり「うわっ！」と叫《さけ》ぶ。

「ハートって。これは……イメージダウン、いや、イメージアップ？　とにかく、まあ、おしあわせに」

そしていたずらっ子のように目を細め、私に顔を近づける。

「優衣、お肌の手入れとお風呂掃除は念入りにね」

「でも、アパートに来るからって必ずするとは限らないし……」

「そんなの必ずするわっ！」

半分キレ気味でかぶせられ、それもそうだと苦笑する。だって私もすでに期待している。

——そうか、明日は一週間ぶりの……

心なしか下半身がジワリと潤んできた。

「それじゃ帰りに可愛い下着を買いに行っちゃう？」

奈々子にそう誘われて、私はコクリとうなずくのだった。

＊　＊　＊

翌日の土曜日は、先生が言っていたとおり私は日勤で、午前八時前から病棟に入って勤務についていた。

当直明けの塩谷先生が病棟に顔を出したのは、午前九時を過ぎた頃。

白衣の背中に皺《しわ》が寄っていたから、忙しくてちゃんとベッドで寝られずに、白衣のままソファーで横になっていたのかな……なんて考えた。

「お疲れさまです」と声をかけたいけれど、そこはグッと我慢する。

だって目を合わせればニヤついてしまうだろうし、会話をすれば甘い空気が流れそう。

そもそも私から話しかけるのは不自然極まりない。

職場では今までどおり必要最低限の仕事の会話のみしかしない、目もなるべく合わせないようにする……付き合いはじめた時に二人でそう決めていた。

日勤が終わると、奥の休憩室でお喋りしている同僚に挨拶《あいさつ》して、一足先にナースステーションを飛び出す。エレベーターに乗ってロッカールームのある一階を押すと、後方の壁にもたれて一息ついた。

今ごろ塩谷先生は、月曜日のカンファレンスに必要な資料を医局で揃えているはずだ。

当直明けで疲れているはずなのに、今日の病棟回診にはじっくり時間をかけ、緊急時の指示を事細かくカルテに記載していった。

すべてはこの週末を私とゆっくり過ごすため。

私との時間を作るために頑張ってくれるのは嬉しいけれど、そのために無理をさせていることを申し訳なくも思う。

昨夜メッセージのやり取りで私がそう言うと、先生は『俺がそうしたいんだから優衣が気にすることはない。労ってくれるつもりなら、夜にベッドでよろしく』という返事が来た。

——ふふっ、ベッドで……って……

ベッドでもどこででも、塩谷先生を思いきり労ってあげたい。

奈々子に一緒に選んでもらったセクシーな下着は、タンスの引き出しでスタンバイ中だ。

その下着を身につけて塩谷先生の前に立つ自分を想像し、それを彼の手によって脱がされる瞬間を思い浮かべて頬を赤らめていると……

すぐ下の十二階でエレベーターのドアが開き、見舞客らしい集団とともに白衣姿のドクターが乗り込んできた。

——井口マキ先生！

私が目を見開き固まると、マキ先生も一瞬足を止めて私をジッと見た。

知らん顔をするわけにもいかないので、申しわけ程度にペコリと頭を下げる。

すると彼女はかすかに口角を上げ、そのまま私の隣に並んで立つ。

——よりによって、どうして隣に!?

別に悪いことをしているわけではないし、彼女に対して後ろめたいこともないはずだ。

それでも『元カノ疑惑』があった女性との遭遇は気まずいものがあり、動揺を隠すことができない。

それに……

マキ先生は私の存在をはっきりと認識している。ただの病棟ナースとしてではなく、一個人として。

なぜかそう思った。

エレベーターが一階に止まり、患者やその家族がゾロゾロと降りていく。

私もそれに続こうと一歩踏み出したところで、横から腕を掴まれる。

「えっ？」

「ちょっとだけ付き合ってよ、ねっ？」

マキ先生は私の腕を掴んだままニッコリと微笑《ほほえ》んで、地下一階のボタンを素早く押した。

西棟の地下一階は栄養管理部と給食センターが入っており、ドクターやナースが出入りする機会はほとんどない。

なのでもちろん私は行く用事がないし、マキ先生だってそのはずだ。

それなのに私達は、マキ先生が私を引っ張る形でその人気《ひとけ》の少ない廊下を歩いている。

「あのっ、一体どこに行くんですか？　どうして私を⁉」

そう問いかけながらも、私はその理由になんとなく気づいていた。

個人的に親しくもない、仕事以外で会話を交わしたことのない私達に共通の話題があるとすれば、それは唯一、塩谷先生に関することで……

「ここなら大丈夫かな」

配達業社専用の出入り口前で足を止めると、マキ先生はようやく私の腕から手を離し、向かい合って立つ。

改めて見上げるマキ先生は、背が高くてシュッとしていて、本当に王子様みたい。

一部のナースの間で宝塚的な人気があるのもうなずける。

「ごめんね急に。野花優衣さんだよね、私は消化器内科の井口マキです」

「……はい」

「ハハッ、知ってるよね。当直で何度か会ったことがあるものね」

マキ先生は切れ長の目を細め、白い歯を見せて美麗に笑う。

だけど私は笑うことなんてできなかった。

だってこんな場所に連れ込んでまで話す内容なんて、大抵決まっているもの。

――やはりマキ先生は塩谷先生の……

「えっと……優衣ちゃんって呼んでもいいかな?」

「えっ?　……あっ、はい」

「フミ……塩谷先生から聞いた。アイツと付き合ってるんだって?」

――きた！

そうだと思っていた。

元カノが今カノに嫌味を言うとか、別れるよう迫るのは漫画や小説でお決まりのパターン。

まさか自分がそんな目に遭うとは思ってもみなかったけれど。

そして、塩谷先生が私のことをマキ先生に話しているという事実が胸をザワつかせる。

正直に私を彼女だと言ってくれて嬉しい。

だけど塩谷先生は今もマキ先生と話しているんだ……って、同じ病院で医師同士、話をするなと言うほうが無理だよね。

私はさっそく嫉妬をしているのか。

自分の心がこんなにも狭いだなんて知らなかった……と愕然とする。

「……はい、お付き合いさせていただいています」

震える声でうつむき加減に答えると、マキ先生は「アイツのこと、好き？」と聞いてくる。

そんなの当然じゃない。私と塩谷先生は付き合っているんだから。

だから私は顔を上げ、マキ先生の目を見てハッキリ言った。

「……好きです。まだお付き合いして日は浅いですが、好きだし尊敬しています」

「そっか、尊敬してるんだ。アイツってすぐに拗ねるし子供っぽいけど大丈夫？」

——子供っぽい？　大丈夫？　って……これは牽制なのだろうか。

私だけに見せてくれていると思っていた顔を、マキ先生はすでに知っていた。

それもきっとたぶん、私よりも長く、深く。

「はい」と答えながらも、自信がどんどん失われていく。

「そう……わかった。あなたとちょっと話してみたかったんだ。こんなところに連れ込んじゃってごめんね」

「いえ……」

もっとひどいことを言われるかと身構えていたので、これで解放されるのだとホッとする。

だけど最後にマキ先生はニッコリと笑みを浮かべてこう言った。

「アイツちょっとしつこくて大変だと思うけど……まあ、頑張って相手してあげてよ」

じゃあ、またね……とサッと手を挙げて去っていく背中を、私は茫然《ぼうぜん》と見送っていた。

――えっ、今のはどういう意味？

胸がドクンと脈打つ。

しつこいって……頑張って相手……って、エッチのこと？

そりゃあ確かに一度では終わらないし全身念入りに……って、今はそんなことを思い出している場合じゃない！

でも、そうか……マキ先生も塩谷先生のそういう姿を知ってるんだ。

「……彼女も知ってるんだ」

ふ～ん、そうか……そうなんだ。

病院の人に手を出したことはないって言ってたくせに。

マキ先生とは付き合ってないって、私と奈々子に言い切ってくれたのに。

学生時代の交際は別ものだってこと？

だったらそう言ってくれればよかったじゃない。

過去に塩谷先生とマキ先生が付き合っていたとしても、それは仕方がない。

私にも彼氏はいたし、過去の付き合いを責めるつもりはない。

──ただ、嘘をついてほしくはなかった……

こんなふうにマキ先生から聞かされたくはなかった。

変に隠したりせず、塩谷先生の口からちゃんと聞きたかったな……

通用口のコンクリートの床に、ポトリと涙の雫《しずく》が落ちる。

それはポトリポトリとスピードを増して、冷たいグレーの床に黒っぽいしみを作っていった。

「あ〜あ……」

──やっぱり私って騙されやすいんだな……

塩谷先生だけは違うって、そう思っていたのに。

「だけど私は……」

それでも塩谷先生が好きで。

もうこんなにも大好きで。

だから私はグイッと涙を拭うと、ゆっくりとエレベーターホールに歩きだす。

「早く帰らなくちゃ」

先生は私に会いにきてくれる。

当直明けで疲れているのに、それでも私に会いにくる。

そしてきっと、あの天使の笑顔で私を抱きしめてくれるのだ。

「夕食のおかず、何を作ろうかな」

今日ここで起こったことは塩谷先生には言わずにいよう。

先生の今の恋人は私、それで十分だ。

私はもう一度涙を拭うと、今度こそロッカールームに向かうため、一階のボタンを押した。

＊　＊　＊

ピンポーンとチャイムが鳴って、私は小走りで玄関に向かった。

ドアを開けた途端、玄関の中に身体を滑り込ませた塩谷先生に抱きしめられる。

「優衣、お仕事ご苦労様。会いたかっ……」

先生が言い終わる前に彼の首に手をまわし、私は自分から唇を重ねていく。

先生は驚いていたけれど、すぐに抱きしめる腕に力をこめ、激しい舌遣いで応じてくれた。

水っぽい音と二人の吐息だけを響かせて、しばらくお互いの唇を貪り続けていた。

はっ……と息を吐きながら顔を離すと、先生はギョッとした表情で一瞬固まる。

「優衣……泣いたのか？」

「えっ」

「目が赤い。どうした、何かあったのか？」

さすが観察眼の鋭い塩谷先生。

ちゃんと顔を洗って目薬もさしたのに、目の充血に気づかれてしまった。

「大丈夫です。玉ねぎを切っていたので、そのせいですよ」

さっきまで煮込みハンバーグを作っていたので、まったくの嘘というわけではない。

ただ玉ねぎを切る前から、すでに泣いていたというだけだ。

私の言い訳に不審げな顔をしながらも、先生はそれ以上追求しようとはしなかった。

だから私は今日帰ってきてからずっと考えていたことを口にする。

「ねえ先生、エッチしましょうよ」

「えっ、優衣……」

「来てください」

私が手を引いて歩きだすと、先生は慌てて靴を脱ぎ、私に付き従う。

１ＤＫの狭いアパートは、昨日掃除をしたばかり。

ベッドのシーツも洗ったし、先生用に新しいスリッパも出しておいた。

なのに、先生をはじめて招待する瞬間を、こんな気分で迎えるなんて……

本当はもっと楽しく過ごしたかった。

一緒に私の手料理を食べて、美味しいコーヒーを淹れて、ソファーに並んで座って。

今日のお仕事の話をして、合間に啄《ついば》むようなキスを重ねて。

けれど今は、とてもじゃないけどそんな気分になれない。

私はただただ焦《あせ》っていた。

マキ先生と自分を比べて劣等感を持ち、彼女が匂わせた塩谷先生との過去に嫉妬して。

あの美しい人に勝てるだなんて思わない。

だけど塩谷先生とは別れたくない。

――どうにかしなくちゃ、マキ先生に奪い返される前に。

ダイニングを突っ切って奥の寝室に入ると、先生の目の前で服を脱ぐ。

中から現れたのは、ライトピンクのベビードール。

サイドにスリットが入っていて、可愛いけれどセクシーだと奈々子が勧めてくれた一着だ。

私はその格好のまま先生の前にひざまずき、目の前のベルトに手をかける。

「おい、ちょっ、優衣！」

止めようとする先生の手を払いのけ、スラックスからベルトを引き抜き、ファスナーを下ろす。

黒いボクサーパンツの前は大きく張り出しており、先生が興奮しているのがわかる。

「よかった。私に欲情してくれているんですね」

下着を下ろそうとウエスト部分に手をかけたところで、今度こそ強い力で手首を摑まれた。

グイッと引っ張り上げられ立たされる。

「先生?」

「優衣、どうした。何があった?」

「どうした……って、私はただ先生に気持ちよくなってほしいだけです」

だけど先生は納得がいかないらしく、私の両肩に手を置き眉根を寄せる。

「俺だって今すぐ優衣を抱きたいし、一緒に気持ちよくなりたいと思うよ。だけど目に涙を溜めて今にも泣きそうな顔をしてるのに、俺が平気でいられるはずがないだろう」

「えっ……」

瞬きをした途端、頬をツツッと涙が伝う。

目の縁ギリギリで揺れていた水の雫が、堪《こら》えきれずにポロリと落ちた。

「あっ……やだ、私……」

涙を拭おうとした手を握りしめられ、かわりに先生の唇が涙を掬《すく》う。

ペロリと頬を舐め、目尻にキスが落とされる。

「……おいで」

手を引かれ、一緒に床にしゃがみ込む。

先生はベッドに背を預けてカーペットに腰を下ろすと、膝の間に私を座らせた。

後ろから私のお腹に手がまわされ、腕の中にすっぽりと包み込まれる。

先生の唇がうなじに寄せられ、熱い息がかかるのを感じた。

「言ってごらん、病院で何かあった？　誰かに何か言われたの？」

子供をあやすように優しい声音で囁かれ、私はたまらず嗚咽《おえつ》を漏《も》らす。

「優衣の涙の原因が俺にあるのだとしたら……いや、そうでなくても、隠さず全部話してほしい。俺は優衣のことをなんでも知っておきたいし、どんなことでも分かちあいたいと思っているから」

──だけど先生……

私は本当は、先生が思っているようなよい子じゃないんですよ。

先生を繋ぎ止めたくて必死になって、そのためなら今みたいに身体を使ってでも……なんて思っちゃう女なんですよ。

──それでも……

「先生、私の話を聞いてもらえますか？」

「ああ、もちろん」

「私のことを軽蔑《けいべつ》しちゃうかもしれないですよ」

「しないよ。神と優衣に誓って」

塩谷先生には聞いてもらいたいと思えたから……

「先生、私は誰かに必要とされたい人間なんです」

私は彼に背中を預けたまま、ぽつりぽつりと話をはじめた。

＊＊＊

幼い頃の私は気管支喘息の持病があって、しょっちゅう発作を起こしては病院への入退院を繰り返していた。

その頃のことはあまり覚えていないのだけど、一度入院すると四日から一週間は病院での生活となり、母がずっと付き添ってお世話をしてくれていたらしい。

父はどこかの会社員だったそうだが、物心がつく頃には母と離婚してしまっていたので、顔も声も記憶にない。

私の入院に母が付き添っている間に父が会社の同僚と浮気し、それが原因で離婚した……というのを知ったのは、私が中学生になったとき。

母は伯母と笑い話みたいにあっけらかんと話していたけれど、私はああそうか、原因は私の入院だったのか……とショックを受けたのを覚えている。

幸いにも私の喘息は成長とともに落ち着いていき、中学校に入学する頃には発作も起きなくなっていた。

最後の大きな発作は小学校一年生のとき。

風邪をこじらせて呼吸が苦しくなり、夜間に救急受診してそのまま入院となってしまったのだ。

クリスマスの三日前のことだった。

そのときの入院生活は鮮烈な印象として記憶に残っている。

だって本物のサンタクロースが会いに来てくれたのだから。

その頃には母はもう離婚して小学生用の教材の営業をしていたので、病室を訪れるのは消灯前のほんの数時間のみ。

クリスマスイブのその日も私は病室で一人、サンタへの手紙を書いていた。

突然現れたサンタは雪だるまのぬいぐるみをくれただけでなく、窓枠に積もった本物の雪で小さな雪だるまを作ってくれた。

手のひらにちょこんと乗せられた雪の冷たさとは反対に、胸の奥がポカポカと温かくなって。

そのあと再び会いに来てくれた彼が見せた涙は、薄明かりのなかキラキラと輝いていて。晒した素顔の美しさと相まって、本物の天使が舞い降りたのだと思った。

だからその日に起こった喘息発作のことは、正直あまり覚えていない。

それよりもサンタと過ごした楽しく幻想的な時間のことばかりが、強く深く心に残っているのだ。

母が再婚したのはその二年後、私が小学校三年生の終わりのときで、それから一年後には妹が生まれた。

妹が生まれたからといって両親の私への態度が変わることはなかったし、ましてや差別されたこともない。

けれど、私だけに向けられていた愛情が削られたのは確かだった。

すでに喘息の症状も軽くなっていた十歳児よりも、生まれたばかりの赤ん坊に手がかかるのは当然だ。

そう思いながらも、夫婦で赤ん坊をあやしている様子を見ると寂しくなる。

私以外の三人だけが本当の家族のような気がして、無性に疎外感を抱いていた。

それでも唯一、私も三人家族の輪に入る手段がある。

妹のお世話だ。

母がオムツ交換をする時にサッと紙おむつを差し出せば、『ありがとう』と喜んでもらえる。

泣いている妹を抱っこしてあやしていると、義父や母がそばに来て妹の顔をのぞき込み、そして私にも微笑みかける。

一緒に赤ん坊を見て『可愛いね』と笑っている間は、私も家族の一員だ。

よい子にしていれば、お手伝いをしていれば、その場にいることを許される。

家族として認めてもらえる。

そんなふうに感じて安心できた。

中学生になり離婚の原因を知ってからは、ますますその考えが強くなった。

私の喘息のせいで離婚した母が、今は新しい家庭を持ってしあわせになっている。

私のせいで再びしあわせを奪うようなことがあってはならない。

もっとおりこうにしていよう。もっと役に立とう。

その考えはやがて、『おりこうにしていないと好かれない』、『役に立たないと居場所がない』へと変わっていき……それが自分の生き方として根づいていったのだった。

＊＊＊

「……大学進学を機にアパートで一人暮らしをはじめて、それでやっと解放された気がしたんです。これでもう家族に気を遣わなくていいんだ……って」

長くまとまりのない私の話を、塩谷先生はただただ黙って聞いていた。

口は一切挟まず、だけど退屈そうにするでもなく、ときどきうなずき相槌《あいづち》を打って、私に先を話すよう目で促してくれる。

だけど話が過去の恋人の話になったところで、はじめて先生が口を開いた。

「大学二年のときにはじめての彼氏ができて、お互いのアパートを行き来するようになって。

そのときに、家にいた時のあの感情が発動しちゃって」

「ああ……おりこうにしなくちゃ、役に立たなくちゃ……か」

「そう、それです」

いい彼女でいなければ捨てられてしまう。

そんな強迫観念からせっせと尽くしていたら、相手は図に乗ってどんどん甘え、最後には浮気をされて捨てられた。

「奈々子が言うところの『尽くし属性ダメンズ製造機』の出来上がり。それ以前に私って、壊滅的に男を見る目がないんでしょうね」

「そんなことはない」

先生は私の肩に顎を乗せ、お腹にまわした手に力をこめる。

「今までの男がたまたまクズだっただけだ。俺は違う。『三度目の正直』って言うだろ？　今度の男は大当たりだから大丈夫だ、安心しろ」

——ですが先生、平気な顔でサラリと嘘をつくのもクズだと思いませんか？

「二度あることは三度ある……とも言いますよ」

「どういう意味？　俺がいずれ前の二人みたいになるとでも？」

耳元で聞こえる先生の声のトーンが一段低くなったのがわかった。

先生は静かに怒っている。

だけど先に嘘をついて裏切ったのは先生のほうだ。

私だって傷ついているし、信じられなくて悩んでいる。

「……先生、どうして嘘をついたんですか？」

「えっ、嘘？　なんだそれ」

「マキ先生と付き合ってないなんて、どうしてそんなこと言ったんですか」

「は？」

後ろで勢いよく飛び上がる気配がして、先生が私の前にまわり込んできた。

片膝ついた姿勢で私の両肩に手を乗せる。

「ちょっと待て。どうしてそこでマキ……井口先生が出てくる？」

「だって……」

そこで私は、今日の帰りに病院でマキ先生に遭遇したことを説明する。

「はぁ？　アイツ、どうしてそんなことを……」

「たぶんまだ塩谷先生のことを忘れられないんですよ。それで私のことが気になって……先生は私と付き合ってるって話したんですよね？　マキ先生と二人きりで会って」

「ちょっと待った！」

先生は手のひらをこちらに向けて、私の言葉を制止した。右手で自分の額をおさえ何やら考え込んでいる。そしてしばらくしてから絞り出すように声を出した。

「優衣……俺は井口先生とは付き合っていないって言ったよな」

「はい。だけど学生時代には、付き合っていたんじゃないんですか？」

「どうしてそうなる⁉」

先生はガバッと顔を上げて唇をわななかせると、再び額に手をあてため息をつく。

「学生時代だろうがいつだろうが、一度でも付き合っていたならそう言うだろ、普通」

「それは……そうですけど」

——そうだ、これが塩谷先生なんだ。

『そう言うだろ、普通』

先生の口から当たり前のように出てきたその言葉に、彼の誠実さが垣間見えたような気がした。

過去の恋愛も隠すことなく正直に話す。嘘をついたり誤魔化《ごまか》したりしない、それが彼の『普通』なのだ。

こわばっていた自分の心が、あっという間にほぐれていくのを感じる。

さっきまで苦しくてつらくてたまらなかったのに、胸のモヤモヤが晴れていく。

……と同時に、彼に確かめもせず一人で落ち込んでいた自分が恥ずかしくなる。

「先生、ごめんなさい。私、先生に嘘をつかれたと思って……」

「ん、俺もハッキリせずに誤魔化してたから……優衣を悩ませちゃったな。ごめんな」

涙ぐむ私の頭を引き寄せて、先生は髪の上から何度もキスをする。

「もう泣かないで。優衣が泣くと俺もつらい。まいったな……想像以上にダメージが大きい。胸が痛くてたまらないよ」

先生の切なげな声に申し訳なくなる。

だけど……

「でも、だったらどうしてマキ先生は、私にあんなことを言ったんですか？」

顔を上げて問いただすと、途端に先生の表情が渋くなる。

「それは……そうだ、マキだよ、アイツのせいだ！」

先生は「ちょっと待ってて」……とスマホを取り出しタップした。

どこかに電話をかけているらしく、スマホを耳にあてながら、「これはもう直接見せたほうが早いな」とか「くそっ、アイツ、シバいてやる！」などと呟いている。

電話の相手はすぐに判明した。

先方が応答したらしく、塩谷先生は開口一番、「おいマキ！　おまえフザけんなよ！」と大声で叫びだす。

「……はぁ？　そのせいでこっちはダメンズ三号に認定されるとこだったんだぞ！　優衣に捨てられたらどう責任とってくれるんだよ！」

先生が私に捨てられるなんて、そんなことあるわけないのに。

ダメンズ三号認定は、まあ、確かに危なかった。

「どこ？　マンション？　わかった、今から行くから首を洗って待ってろよ！」

——えっ、今から行く？　マンション？

先生は電話を切ると、私を見て「今から一緒に来て」と言う。

「マキ先生の……マンションですか？」

「そう、今から行って、そこで全部話す」

立ち上がる先生に手を引かれ、私はコクリとうなずいた。

＊　＊　＊

アパート近くのコインパーキングに停めてあった先生の車は、国産の黒い高級セダンだった。

先生は手慣れた様子で助手席のドアを開け、「どうぞお入りください」と私を座らせ外からドアを閉める。めちゃくちゃ紳士だ。

運転席に座った先生は私のシートベルトを締めながら、「この車を買ってから彼女を乗せるのは初。ドキドキする」とクスッと笑う。

その柔らかい微笑みに、私のほうがドギマギしてますけど！

キャメル色の革張りシートは柔らかく滑《なめ》らかで、座ると思わず背筋が伸びる。

私は膝に両手を揃えて置き、真っすぐに前を見た。

「どうした？　井口先生に会うのが怖い？」

「それもですけど、今はこの車の高級感に緊張中です」

「ふはっ、緊張中……って。これから何度も乗ってればすぐに慣れるよ」

――そうか、これから私は何度もこの車に乗るんだ……

当然のようにそう言ってくれるのが嬉しい。

車は静かに走りだし、二十分ほどで目的地に到着した。

地下駐車場には住人以外の車は入れないそうで、近くのコインパーキングに停めてから三分ほど歩く。ほどなく十四階建ての白い建物が目の前に現れた。

先生が慣れた手つきで部屋番号を押すと、中からカチャリと解錠され、エントランスに入ることができた。

「わぁ、凄いですね」

マンションはスタイリッシュかつ高級感に溢れていて、『選ばれしものの住む場所』といった風格を備えている。

マキ先生は塩谷先生と同期だから三十一歳。

医師七年目であればそれなりの収入はあるだろうけど、それにしても独身女性で高級マンション所有は凄いと思う。

……と私が言ったら、塩谷先生は曖昧に微笑むだけだった。

まるでホテルみたいな大理石のフロアーを横切ると、今度はエレベーターホールに入るためのドアがある。

モニターの前で再び部屋番号のボタンを押して……先生が真剣な表情で私を見つめた。

「優衣、じつをいうと、井口先生は独り暮らしじゃないんだ」

「えっ？」

「それも含め、今から見ることも聞く内容も君を驚かせることになると思うけど……まあ、とにかく行こう」

エレベーターに乗り込み七階で降りて廊下を進むと、先生はある部屋の前で立ち止まり、ドアホンを押した。

ここがマキ先生所有のマンションらしい。

ドアホンに応答があるかと待っていたら、その前に内側からドアが開きドキッとする。

「いらっしゃ～い、お待ちしてました～！」

――えっ⁉

ドアノブを握って微笑んでいるのはマキ先生ではなく、緩くウェーブのかかった長いブラウンヘアーに派手な顔立ちの美女。

この顔には既視感《きしかん》が……と思い、隣の塩谷先生を見上げ、確信する。

この女性はきっと……

「姉貴、こちらが野花優衣さんだ。優衣、この人は俺の姉の香織《かおり》」

──やっぱり！

マネキンみたいに彫りの深い顔立ち。色素の薄い茶色い瞳にバシバシまつ毛。

どう見ても同じ血筋の美人姉弟だ。そう思いながらペコリと頭を下げる。

「はじめまして、野花優衣です」

「こんにちは〜。じつは『はじめまして』じゃないんだけどね。まあとりあえず、入って入って！」

どうしてここに先生のお姉さんが？

救いを求めて塩谷先生を見ると、先生は「説明は中で。まあ、とりあえず入って」と、これまたお姉さんと似たような口調で、私の背中をそっと押した。

＊＊＊

「本当に感慨深いわぁ〜。あの『クリスマス喘息事件』の優衣ちゃんが、こんなに素敵なお嬢さんになってるなんて」

香織さんがティーポットを片手に目を細める。

私にとってサンタさんとの素敵な思い出であるあの日の出来事は、塩谷家にとっては『クリスマス喘息事件』として認識されているらしい。

私は知らなかったのだが、香織さんは退院前の私を病院のロビーで見かけていたそうだ。

『あの子が雪だるまを作りたいと希望してた子か、そして匡史が気に入っていた子か』

そう印象に残っていたのだという。

「だってさ、はじめて好きになった相手が七歳児って、我が弟はロリコンなのかって、嫌でも気になるわよね」

禁断のセリフをサラリと口にして、香織さんが「ふふっ」と笑う。

「俺はロリコンじゃないし。それにあのときは優衣のことが好きだとか誰にも言ってなかっただろ」

「中三にもなって彼女がいなかった子が、あの子のために医者になる！　とか優衣ちゃんの住所を教えてくれ！　とか言いだしたら、そんなのもう恋してるって言ってるようなものじゃない」

そうか、先生は家族の前でそんなふうに宣言してくれていたのか。住所まで調べて私に会おうとしてくれていたのか。

そして中学生までは、まだ誰とも付き合っていなかったんだ……

――昔から絶対にモテてただろうし早熟そうなのに。根が真面目なんだろうな。

そう考えて、思わず顔が綻《ほころ》んでしまう。

対して塩谷先生は、苦虫を噛み潰したような顔でソファーに深くもたれかかっている。

さすがの塩対応男も姉には弱いらしい。

香織さんが目の前でコポコポと音を立てながらカップに注いでいるのは、英国王室御用達《ごようたし》ブランドの紅茶。

使っているティーポットもティーカップも同じブランドのイチゴ柄だ。

香織さんが好きでコレクションしているのだという。

――ということは、香織さんもここに住んでいる？

2LDKの間取りにシューズクロークとウォークインクローゼット付き。

広いベランダにテーブルセットまで置かれているマンションは、確かに一人で住むには広すぎる。

ルームシェアしている同居人がいると考えれば辻褄が合うし、姉の同居人であるマキ先生と塩谷先生が仲良くしているのなら納得がいく。

――そうだったのか。

そうだったんですね、塩谷先生……と目を見てうなずいてみせると、彼はエスパーなのか、「いや、たぶんそれ、微妙に違う」と言われてしまった。

それでは一体どういうことなのですか？　と答えを求めて再び見つめると、先生は困ったようにリビングを見渡し香織さんに話しかける。

「ところでマキはどこなんだよ。待ってろって言っておいたのに」

「マキちゃんも楽しみに待ってたわよ。もうそろそろ……」

「お待たせ〜！」

突然リビングダイニングのドアが開き、バスローブ姿で頭にタオルターバンを巻いたマキ先生が入ってきた。

「ちょっ、マキ、おまえなんて格好を！」

「あんたが首を洗って待っとけって言うから、シャワーを浴びてスタンバってたんでしょ」

そして唖然《あぜん》としている塩谷先生に、「ハハッ、冗談だって。今日は病棟に呼び出されて一仕事してきたから、帰ってシャワーを浴びてたとこ」

そう言うと香織さんの隣のソファーに座り、香織さんの飲みかけの紅茶をひと口すすって……

「どうも。塩谷香織のパートナーの井口マキです」

マキ先生はそう言うと、私に向かってニッコリと微笑んでみせた。

——えっ、パートナー？

白い歯を見せて爽やかに微笑むマキ先生と、その横で柔らかく目を細めながら紅茶をカップに注ぐ香織さん。

その二人が交わす視線や空気から、それが仕事のパートナーとか、ただの同居人という意味ではないというのがすぐにわかった。

「……そうだったんですか。それじゃ、お二人は……」

「そう。私とマキちゃんは、正式な公正証書を交わした人生のパートナーなの。はい、マキちゃんお紅茶」

香織さんはマキ先生の前にティーカップの乗ったソーサーをカチャリと置き、次いで私のティーカップにも紅茶を注ぎ足してくれた。

お二人は香織さんが大学の医学部三年、マキ先生が一年の時に塩谷先生を介して知り合い、すぐに恋人同士になったのだそうだ。

香織さんが二年間の初期臨床研修を終え、マキ先生が大学の医学部を卒業した年に家族にカムアウト。

さらにその四年後、香織さんの三十歳の誕生日を機に『準婚姻関係契約公正証書』、いわゆるパートナー契約書を交わし、共同名義でマンションを購入した。

「俺も最初に知らされたときには驚いたよ。大学の仲間を家に連れてきたときに二人が意気投合したのは知ってたけど、まさか恋人として付き合ってるなんて思わないだろ？」

女子同士の距離感が異様に近くベタベタしているのは珍しくないため、塩谷先生はその可能性にまったく思いいたらなかったのだという。

それは塩谷家のご両親も同様で、しょっちゅう家に遊びに来ていたマキ先生をいきなり恋人だと告げられて、最初はとても驚かれたそうだ。

「姉貴が『私は優秀だから、医師としても経営者としても立派にやっていく自信があるし、井口マキを人生のパートナーとして、真命会《しんめいかい》グループをさらに発展させるから安心してちょうだい』って宣言してさ。あれだけハッキリ言い切られたら、もう何も言えないよな」

「そうそう、あのときの香織がカッコよくて惚《ほ》れなおしちゃったわよ」

「マキちゃんだって、『立派な消化器内科医になって、香織さんと真命会病院を支えます』って言ってくれたじゃない。とても素敵だったわ〜」

指を絡めて甘い空気を漂わせはじめた二人に塩谷先生はゴホンと咳払いをし、私への説明を再開する。

「うちの親って考え方が柔軟でさ。結構すぐに認めちゃったから、俺のほうが驚いたくらいで」

塩谷先生が言うには、病院でLGBT、つまりセクシャルマイノリティーであることに悩んだり、ストレスを抱えたりしている患者を診ることは少なくなく、そのためご両親も一般の方よりは同性愛に対して知識や理解があったのだそうだ。

院長であるお父様は、それをよい機会とばかりに患者の心のケアにも積極的に取り組むようになり、香織さんの意見を取り入れて院内にカウンセリングルームを設置。

臨床心理士による診察や定期的な病室訪問は患者から好評で、それが病院の評価を上げる結果となっているという。

「……というわけで、マキのお相手は俺ではなく姉貴のほうだってわかってもらえた？」

塩谷先生に顔をのぞき込まれて、私はコクコクとうなずく。

「そういうことだったんですね。なのに私ってば勝手に勘違いして暴走して……恥ずかしいです」

焦って泣いて、先生を襲おうとしてしまったことを思い出す。

私が頬をおさえて恥ずかしがっていると、香織さんとマキ先生が「えっ、暴走？　そこのところを詳しく！」と声を揃えて身を乗り出した。

さすが人生のパートナー、こんなところでも息がぴったり合っている。

「あっ、あ〜っ！　それはどうでもいいから！　とにかくマキ、今日のことはおまえが悪い。なんで優衣を呼び出したりしたんだよ。そのせいで、ややこしいことになったんだからな」

顔を険しくした塩谷先生に、マキ先生は「そんなの当然でしょ」と言い返す。

「こっちは社会的地位を失うかもしれないんだよ。トップシークレットを晒《さら》す危険をおかすんだから、その相手を見極めたいって思うのは当然でしょう」

じつは塩谷先生は、私と付き合うことになってすぐに、香織さんとマキ先生に連絡をとっていたらしい。

『彼女にマキとのことを疑われたくない。真実を話させてほしい』

そんな塩谷先生の願いに、二人は当然難色を示した。

いくらＬＧＢＴが周知されつつあるといっても、日本ではまだまだマイノリティーだ。同性愛者というだけで拒絶反応を示す人は少なくないだろうし、診察を拒否する患者も出てくるだろう。

だから身内以外には公言してないのに、それを付き合いはじめたばかりの彼女にバラすと言われて、簡単にうなずけるはずがない。

「だけどフミが、それはそれは、しつこくてさ」

「うん、匡史、めちゃくちゃしつこかったよね～」

先生は二人に断られても、連日のようにメールや電話攻撃を仕掛けたらしい。

『優衣と付き合いはじめたのは最近だが、自分は彼女を十五年前から知っている』

『この一年で彼女の仕事ぶりや患者への態度を見てきて人柄は保証できる』

『彼女は俺の嫁になる人だ。裏切るわけがない』

そう言って懇願しただけでなく、

『俺が二人を引き合わせたのに、俺のしあわせは望んでくれないのか』

『俺が優衣にフラれたら二人のせいだからな』

『俺は優衣に捨てられたら誰とも結婚しない。一生独身だ。寂しい老後を送るんだ』

など脅《おど》しや泣き落としまで入り、さすがに可哀想だと思いはじめていたのだという。

「そしたらエレベーターでたまたま優衣ちゃんに会っちゃって。そんなのお喋りしたいって思うよね」

昨夜マキ先生は消化器科のオンコール（病院にいなくてもいいが呼ばれたらすぐに駆けつけられる場所にいなくてはいけない）だったらしく、午後から病棟に呼ばれて診察したあとで私に遭遇したらしい。

「私も優衣ちゃんとは何度か仕事で顔を合わせていたし、いい子なのはわかってたよ。でも、まあ、ちょっと試してみようかなって気持ちもあったよね」

なので目的は告げず、意味深《いみしん》な言葉だけを残して去っていった。

私はそれにまんまと乗せられて、元カノ疑惑をより深くしてしまい……あんなことになってしまったのだった。

「まあ、ちょっとイジワルだったのは認めるけど、こっちも二人の生活がかかってるからさ」

「はい、それはよくわかります。慎重になるのは当然だと思います」

私がうなずくと、マキ先生はニカッと白い歯を見せて前のめりになる。

「だよね！　それにフミがしつこい男だっていうのは嘘じゃないし。ねえ、コイツってエッチもやっぱりしつこいの？　激しそうだよね」

「ええっ！」

　思わずのけぞる私の肩を、横から塩谷先生が抱き寄せた。

「ほんと頼む！　お願いだから俺の彼女を揺さぶるのはやめて。精神的ダメージが大きい。俺のライフが削られる！」

　焦る先生を見て、カップル二人は手を叩いて喜んでいる。

　この二人はきっとSだ。SとSの組み合わせ、なんか凄い。

　マキ先生はキャハハと笑いながら、ついでに爆弾発言を投下する。

「そういえば、今日優衣ちゃんを改めて見て、なるほどなって思ったんだけどさ。フミが学生時代に付き合ってた彼女って、みんな細くて色白で黒目の大きな可愛い系ばかりだったわ」

　――えっ！

「おいマキ！　サラリと人の過去を暴露してんじゃねぇよ！」

　動揺する塩谷先生を意に介さず、マキ先生は続ける。

「そりゃあ本物が見つかったんだから、もう逃したくないよねぇ……」

　そこでマキ先生は隣の香織さんを優しい瞳で見つめ、二人でうなずきあう。

「それでフミの本気が伝わったからさ、だったらこっちの都合で邪魔するわけにはいかないな、覚悟を決めるか……ってね」

「そう、私達も話しあって、匡史の恋愛を成就させるために協力しようって……ね」

目の前のやり取りを聞いて、瞼《まぶた》の奥が熱くなる。

胸がいっぱいで、申し訳なくて、嬉しくて……

医師という職業、特に開業医であるならば、信用と評判はとても大切だ。

本当だったら身内以外には絶対に知られたくなかったであろうことを、二人は私に曝《さら》けだしてくれた。

こんな重要な秘密を私に告げてくれてありがとう。私を信用してくれてありがとう。

グスッと鼻をすする私を塩谷先生はさらに強く抱き寄せて、よしよしと頭を撫でてくれた。

——勇気を出してここに来てよかった……

塩谷先生に再会できてよかった。

先生の大切な家族が、素敵な人達でよかった。

先生の彼女になれて……本当によかった。

そう思ったらこみ上げてくるものがあって、もうダメだった。

私は「ううっ」と声を漏《も》らすと、人目もはばからず、塩谷先生の胸に顔を埋めて涙を流す。

塩谷先生は黙って私の背中を撫で続け、香織さんとマキ先生もそれを茶化すことなく見守ってくれている。

それはとてもとても温かくて優しくて、しあわせな時間だった。

しばらくして落ち着くと、頭上で塩谷先生の声がする。

「マキ、俺はともかくとして優衣にはちゃんと謝れよ。おまえにいじめられてアパートで泣いてたんだからな」

「えっ、優衣ちゃん泣いちゃってた？」

「そんな、あれはマキ先生が悪いわけじゃ……」

私は慌てて身体を起こすと、首をブンブン振って否定する。

だけどマキ先生は私に駆け寄り隣に座ると、両手でフワッと抱きしめてくれた。

柔らかい石鹸の香りに包まれて、私はうっとりと目を閉じる。

マキ先生が王子様って呼ばれているのも納得だな……

「優衣ちゃん、私のせいでごめんなさいね」

「マキ先生……」

「ううん、これからはマキ姉さんって呼んでちょうだい。フミの彼女なら私の妹も同然。フミのものは私のもの。仲良くしましょうね」

――マキ先生、なんて優しい……んっ⁉

胸に違和感を感じ、感動でこみ上げてきた涙がスンと引っ込んだ。

「えっ、ちょっ、なんですか！」

どういうこと？　マキ先生が洋服の上から私の胸をフニフニと揉んでいる。

「ちょっと香織、この子の胸、すっごく柔らかい！　マシュマロおっぱい！」

「うっそ、私にも触らせて！」

私があっけにとられているうちに、反対側から駆け寄ってきた香織さんが正面から私の胸を鷲掴《わしづか》む。

「本当だ、マシュマロおっぱい！」

「かっ、香織さん!?」

二人して交互に「小ぶりだけれど手のひらサイズでちょうどいいよね」とか、「形もよさそうだよね。乳首も小さそう」、「乳首はピンクだね、絶対」などと勝手に品評会がはじまっている。

「これをフミ一人に独占させておくのは、もったいないね」

「匡史、あなたいいわねぇ、こんなに気持ちいいおっぱい揉み放題だなんて羨《うらや》ましいわ〜」

自分の名前が出たことで、それまで放心状態で固まっていた塩谷先生が、ようやく我を取り戻す。

好き勝手している二人の手をビシッ！　バシッ！　と叩いて、「いい加減にしろ！」と怒鳴りつけた。

「うわっ、匡史が女子に暴力をふるった〜！　匡史のくせに！」

「フミ、おまえ姉に手をあげるなんて最低だな」

抗議の声に塩谷先生は一瞬たじろいだものの、私をグイッと自分の腕に抱え込み、二人の魔の手から毅然と引き離す。

「ちょっ、気安く触るなよ！　俺だってまだ数回しか……ゴホン、いや、とにかく、優衣は俺のだから触らないで」

香織さん達も向かい側の席に座りなおし、「優衣ちゃん、合格！」と揃って親指を立て、サムズアップしてくれた。

とりあえず私は合格したようで、ひと安心……なのかな？

香織さんが「匡史の想いが成就して本当によかったわ」と言いながら、小皿に乗ったクッキーを差し出してくる。

「だけど優衣ちゃん、気をつけてね」

「えっ、何がですか？」

香織さんは私と塩谷先生にチラチラと思わせぶりな視線を向けて、口を開いた。

「匡史は執着がないように見えるけど、優衣ちゃんに関してはかなり粘着質だからね。そのうちにすべてを管理したくなって携帯チェックとかストーカー行為をはじめる可能性があるから、くれぐれも気をつけて！」

さすがじつの姉、弟の性格を見抜いていらっしゃる。

「いえ、それならすでにカフェテリアでストー……うぐっ」

言い終える前に、塩谷先生の大きな手で口を塞《ふさ》がれた。

「優衣……帰るぞ」

「えっ？」

振り返ると、すでに彼は能面のような無表情で立ち上がっており、私の腕をグイと引っ張り上げる。

「塩谷先生？」

「フミ？」

「匡史、まだクッキーがあるのよ。お紅茶のおかわりも……」

先生は私の手を引くと、皆の声を無視して歩きだした。

玄関まで来るとクルリと振り返り、大声を張り上げる。

「おまえら最低だ！　優衣は俺のだ、勝手に触るな！　変な知恵をつけるな！」

「うわっ、フミ、器《うつわ》の小さい男は嫌われるよ～」

「アホか！　自分の彼女をおもちゃにされて平気で笑っていたら、それこそ普通じゃないだろ！　こんなとこ二度と来るか！」

捨て台詞を吐《は》くと、扉を勢いよく開けて飛び出した。

「優衣ちゃん、困ったことがあったら私達に相談するのよ～」

った。

「優衣ちゃん、また病院でね〜」

二人の呑気《のんき》な声を背に受けながら、塩谷先生と私はこうしてマンションをあとにしたのだった。

コインパーキングに停められた黒い高級セダンに乗り込むと、塩谷先生は助手席のシートを倒し、私に覆《おお》い被さってきた。

「やっ、ここじゃ……んっ」

「ダメ、待たない」

激しく唇を貪り、耳朶を噛み、首筋に舌を這わせてくる。

カットソーの内側ではブラジャーをずらして、私の胸を痛いほど強く鷲掴む。

「優衣、優衣は誰のもの？」

「あっ、ん……塩谷、せんせ……」

「……ここは？」

乳首をキュッとつままれて、「あんっ！」と高い声が出た。

「優衣、ちゃんと言って。ここは誰のもの？」

「先生っ、先生の……っ」

「……それじゃあ、こっちは？」

先生は胸を揉んでいた手を下へと滑らせると、私の太ももを撫で、ミニスカートの裾から手を差し入れてくる。

ストッキング越しに割れ目をなぞり、その上の蕾を指の腹でグッと押された。

「いやぁ！　そんなところ、触られていないから！」

「ダメだ。優衣は無防備すぎる。誰にでも簡単に触らせちゃうから、ここも誰のものかを教えておかないと」

そう言いながら蕾をグリグリと捏《こ》ねられて、私は車内に嬌声を響かせる。

先生は焦《じ》れったくなったのか、両手でストッキングに爪を立てた。

ピッと音がして股部分に穴が空き、そこから一直線に伝線が走る。

「もっ、もう……やっ、ごめんなさい」

「謝ってもダメ。これは消毒だ」

首筋を強く吸われたかと思うと、そこにガリッと歯が立てられた。

ショーツの足ぐりから指先が侵入してきて花弁を開き、蜜壺の中をジュボジュボと激しく掻きまわされ……私は腰を浮かせてあっけなく達してしまったのだった。

「ごめん、優衣。俺が悪かった」

助手席でくたっとしている私を、不安げな顔がのぞき込む。

先生は私の衣服を整え、汗ばんだ髪を耳に丁寧にかけてくれながら、何度も何度も謝罪の言葉を口にする。

——先生は何も悪くなんかないのに。

「先生、謝る必要なんかないですよ。ヤキモチを妬《や》いてくれたんですよね？」

私が身体を起こして笑顔を見せると、先生は母親に悪さを見つかった子供のようにシュンとして、そしてコクリとうなずいた。

「嫉妬した。めちゃくちゃ嫉妬した。だって優衣は俺のなのに、あんなに触られて、胸を好き放題に揉まれて……悔しいに決まってる」

そりゃあ確かに驚いたけれど、相手は先生のお姉さんとマキ先生。

女同士のふざけあいだし、少しくらい触られても大丈夫……なんて私は思っていたのだけど、先生からはそう見えなかったらしい。

『相手は女といえども同性が恋愛対象なんだぞ！』、『優衣は隙がありすぎる！　俺以外には絶対に触れさせたくない』と堰《せき》を切ったように訴えるので、私も配慮が足りなかったなと反省する。

「……だからといって、こんな公共の場所でサカっていい理由にはならないよな。やっぱり俺が悪い。嫌だっただろ、ごめん」

怒っていたと思ったら、最後には結局謝ってきた。やはり先生は優しい人だ。

こんなにいい人を悲しませてはいけないな、謝らせたくないなって思ったので、私ももう一度謝って、二人してクスッと笑ってキスをした。

そのまま車を発進させるのかと思いきや、先生は顎に手をあて少し考えてから、上体を私に向ける。ひどく真剣な表情なので、何を言われるのかと身構えてしまう。

「優衣、アパートで話してたことだけど」

「アパート？」

「そう、『おりこうにしていないと好かれない』、『役に立たないと居場所がない』ってやつ」

「ああ、そのこと……」

さっきは感情が昂《たか》ぶっていたのもあり、私がダメンズ製造機になるにいたった経緯《いきさつ》をついつい語ってしまった。

けれど正直、私にとっては黒歴史。できることなら塩谷先生には忘れていただきたい。

そのあとマキ先生の話題になって、上手い具合にうやむやにできたと思っていたのに……。

先生は膝に置いていた私の手を上から包み込み、キュッと力を込めた。

「優衣、嫌なことは嫌だって言えばいいんだよ」

「えっ？」

「言っただろ、俺は優衣にとって『三度目の正直』なんだ。今までの男と同じだと思うな。自分の感情を押し殺したりせず、ダメならダメと言えばいい」

「……私、大丈夫ですけど」

私は特に我慢しているつもりはなかったのでキョトンとすると、先生がなんだかつらそうな顔をする。

「大丈夫じゃないだろ。現にさっきは姉貴達に好き放題されてたし、今も……俺にひどいことをされたのに黙って受け入れた」

「それは……」

香織さん達に胸を触られたのはビックリしたけれど、喜んでくれていたから構わないかなって思う。

車の中でエッチなことをするのだって、そりゃあ確かに恥ずかしかったけど、先生が嫉妬しているからだとわかっていたし……

そう考えるのはおかしいのかな。

何が正解なんだろう、わからなくなってきた。

そんなふうにグルグル考えている私に、先生は諭《さと》すようにゆっくりと言葉を続ける。

「たとえばさ、俺と姉貴はさっきみたいに言いあいをするし喧嘩《けんか》もするけど、それでもなんだかんだと言いながら仲良しだし、付き合いは続いていくんだ」

いざとなったら駆けつけるし、助けが必要なら手を差し伸べる。

家族ってそういうもんなんじゃないかな……と先生は言う。

「優衣だってさ、俺にとってはもう身内みたいなものなんだよ」

「え……」

私が目を見開くと、先生はうっすらと頬を染め、照れたように目を細めてみせる。

「俺は優衣のことを人生のパートナーだって決めてるし、誰よりも大切な存在で、もう俺の一部分になっていて。姉貴達だって、優衣が俺にとってそういう存在だって認めたからこそ秘密を打ち明けたんだ」

わがままを言っても拒否しても、俺は絶対に優衣から離れないし嫌いになんかならない。嫌なら嫌とハッキリ言えばいい。

それでたとえ喧嘩になったとしても、さっきみたいに謝って仲直りすればいいだけのこと。

そう綴《つづ》る先生の言葉が、心の中にストンと落ちて。

「君には欲しいものを求める権利があるし、同時に嫌なものを拒否する権利だってあるんだ」

人に優しくするのは美徳だけれど、自分の心を犠牲にするのは間違っている。

まずは優衣自身の気持ちを大切にしてほしい。

そう言われて、そうか私は自分の心を誰かの願いの二の次にしていたのかと振り返り。

気づけばポロリと涙が零れ、私を捕らえていた何かも一緒に流れて溶けて……

——ああ、どうして先生はこんなにも私の気持ちを汲み取ってくれるんだろう。

あのクリスマスイブの日もそうだった。

日が落ちて、どんどん暗くなっていく病室でたった一人。

誰かと過ごす時間を諦めていた私に、あなたは笑顔と希望を運んできてくれた。

雪遊びをしたことのなかった私の手のひらに、ちょこんと乗った雪だるま。

『いつか一緒に本物の雪だるまを作ろう』

あなたがくれた魔法の言葉。

私にとってかけがえのない宝物は、いつもあなたが与えてくれて。

あなたのくれた言葉達が、今またこうして私の胸を震わせる。

「先生、私……」

「ん、泣けばいい。優衣が泣いたときは俺がいくらでも慰めるから。そのかわり、嬉しいときにはケチらずにとびきりの笑顔を見せて」

「ふふっ、なんだか数日前に聞いたことのあるセリフですね」

「あとは、『我慢してるとハゲちゃいますよ』……だったっけ？　優衣、泣け泣け。我慢してると十円ハゲができるぞ」

「それは困ります。先生に嫌われちゃう」

すると先生は、「だから絶対に嫌わないって言ってるだろ！」と私を抱き寄せる。

「ハゲても優衣は絶対に可愛いから大丈夫だ。それに俺がよく効く薬を買ってきてやるし、頭皮マッサージもしてやる。心配するな」

「ふふっ、よろしくお願いします」

そのとき急に、私の中に激しい感情が湧き上がり、出口を求めて迫《せ》り上がってきた。

言葉にするのには勇気がいる。

だけど、自分の気持ちを大切にしていいのだと、あなたが教えてくれたから……

「先生、早く帰りましょう。帰ってアパートでの続きがしたいです」

私は先生を見上げると、自分の欲望を素直に告げた。

「えっ、アパートでの続きって……」

先生にはそれだけで言葉の意味が伝わったらしい。

途端に片手で口を覆い、絶句した。

そう。つい数時間前のアパートで、私は『エッチがしたい』と言った。

『先生に気持ち快《よ》くなってほしい』そう言って、先生のスラックスのファスナーを下ろした。

つまりはあれをもう一度やり直したい、そういうことだ。

「優衣……俺は言ったよな。自分の気持ちを大切にしろって」

絞り出すような低い声音に、私はすかさず言い返す。

「だから自分の気持ちを正直に伝えてるんです。早く帰ってエッチをしたいです。先生と繋がりた……」

言い終える前に先生が助手席のドアに手を伸ばし、私のシートベルトをカチャリと締めた。

次いで自分もシートベルトを装着すると、キキッとタイヤを鳴らして急発進する。

「きゃっ！　先生、安全運転ですからね！」

「うん、これからお楽しみが待ってるのに事故ったりしないよ」

先生はフワリと微笑んで、コンソールボックスの上で私の右手に自分の左手を重ねてきた。

自然に指が絡みあい、恋人繋ぎになる。

片手でハンドルを操《あやつ》りながら口角を上げ、先生がチラチラと私に視線をよこす。

その表情が妙に蠱惑的《こわくてき》で目に眩しくて。

ついさっきまで子供みたいに拗ねていた人物とはとても思えない。

強引なのに臆病で。慎重なのに大胆で。

ああ、私は彼のことが大好きだな……。改めてそう思う。

「先生、さっきの話ですけど」

「えっ？」

「駐車場でのアレ……嫌なんかじゃなかったですよ。先生に触ってもらうの……好きなので」

「ええっ！」

ブオン！　とアクセルを踏み込む音がして、あっという間に窓の外の景色が流れていった。

＊＊＊

アパートに戻った私達は、玄関に入るなり抱きしめあい、ぶつけるようにキスをした。どちらのものかもわからなくなった唾液をゴクンと飲み込むと、あまりの甘さに脳髄まで痺れが走る。

もつれるように寝室に入り、無言で息を吐きながら服を脱ぐ。

お互い全裸になると私は彼をベッドに座らせ、脚の間で膝立ちになる。

髪をかき上げ耳にかけたところで、「ちょっと待って」と声がかかった。

――えっ？

見上げれば先生の瞳は熱で潤み、肩を大きく上下させて興奮状態なのは明らかだ。なのにどうしてと目で訴えたら、先生は苦笑しながら私の頭を撫でる。

「優衣、俺のは、その……大きいから、無理はしなくていい」

言われて目の前の屹立を改めて見つめる。

雄々《おお》しく勃ち上がったソレは、血管を浮き上がらせて獰猛《どうもう》に反《そ》り返っている。

確かに先生の言葉どおり、長くて太くてとても立派だ。口に全部入れるのは無理だと思う。

「それと、もうわかってると思うけど……俺は優衣のこととなると自制が効かなくなる。こんなことをされればなおさら……きっと我を忘れて暴走すると思うから、ダメだと思ったら、蹴《け》ってでもいいから止めてくれ」

私はコクリとうなずいて、右手で眼前の太い根元を握り込む。

「うあっ……」

かすかに顎を上げて目を細める表情が色っぽい。

私の身体の中心に火が灯り、ジワリと奥から濡《ぬ》れてきた。

「先生、私がしたいんです。先生がすることを止めないし、私も止まらないと思います」

もう片方の手も幹に添えると、先端から滴《したた》る透明な液をペロリと舐めた。

「うっ……は……っ」

舌先でチロチロと割れ目をなぞり、次いで先端をカリまで口に含んでみる。

彼のモノがビクンと跳ね、右手の中で硬度を増す。

——こんなのはじめて……

もちろんこういう行為ははじめてじゃない。

前に付き合った人にも、求められるまま口で奉仕したことがある。

けれどもそれは、決して望んだものでも気持ちいいものでもなく。

相手を満足させる手段として行っていたそれと、今している行為はまったくの別ものだ。

私は今、塩谷先生自身が——コレがほしいと思っている。

先生のすべてを自分のものにしたいし、彼を味わい尽くしたいと全身で強く求めている。だからする。みずから望んで。

私はもう一度髪をかき上げ耳にかけなおすと、喉の奥まで張りを呑《の》み込んだ。

元々大きかった彼のモノは、口に含んだ途端に質量を増し、容赦なく口腔内を蹂躙《じゅうりん》する。

頑張って喉の奥まで受け入れているのに、それでもすべては入りきらない。

余った部分を手で扱《しご》くと、頭上から荒い息遣いが聞こえてきた。

余裕のない彼の表情を見られないのが残念だ。

ゆっくりと顔を上下させると、口の中の張りがピクリと動く。

本当に大きい。喉も顎も苦しいけれど、この行為をやめたいとは思わなかった。

目尻に涙を滲《にじ》ませながら顔と手を同時に動かす。

「はっ……優衣、いいよ。気持ちい……」

少し掠《かす》れたような余裕のない声に、身体中が感動で満たされる。

自分が望んでやっている行為で、大好きな人が感じてくれている。

――もっと、もっと……

唇をキュッとすぼめ、窪みのあたりに舌を這わせる。

扱く右手のスピードをアップすると、「うあっ!」と切羽詰まった声が聞こえてきた。

先生は両手で私の頭を抱え、動くリズムに合わせてグイと押してくる。

私の口内は彼のモノと唾液と先走りでいっぱいになり、溢れた液が顎へと伝っていく。

先生の腰が浮き、みずから揺らしはじめているのに気づいた。

漏れ聞こえる荒い息遣いに、私の子宮がキュンと収縮する。

先生を気持ち快くしているはずなのに、私の全身が疼き、快感で身もだえしている。

嬉しい、気持ちいい、もっともっと先生を乱したい。早くこの昂ぶりを発散させてあげたい。

モジモジと膝を擦り合わせながら行為を激しくする。

「優衣、俺のを……飲める？」

頭上から遠慮がちに聞かれて、私は迷わずうなずいた。

「ください」

手だけを動かしながら口を離し、先生を見上げる。

紅潮した顔で私を見下ろす先生は、ゾクリとするほど扇情的だ。

長いまつ毛を震わせながら、何かに必死で耐えている。

かすかに開いた唇からは、熱い吐息が漏れていた。

小さく「優衣……」と名前を呼ばれる。

「……本当に、いいのか？」

期待と戸惑いの入り混じった声。

私の目尻の涙を優しく拭う先生の指先が、そして薄茶色の瞳が揺れている。

私がそうさせている。私だけがそうすることができる。それが嬉しい。

だから私は目を逸《そ》らさずに、再びコクリとうなずいた。

「私がほしいので」

どんな私でもあなたは受け入れてくれる。

だから私のすべてを見せるし、見てほしい。

そしてあなたのすべてを私に与えてほしい。

「こんな私じゃイヤですか？」

「……最高だ」

「でしたら……全部ください」

「……っ、優衣っ！」

私が再び彼のモノを咥えると、先生の両手が私の後頭部をおさえ込み、グイグイとリズムをつけはじめる。

私もそれに合わせて口と手を必死で動かしていると、室内にはクチュクチュと粘着質な音が響き渡った。

そのうちに先生の張りが最後の怒張をし……ブルンと跳ねて、勢いよく精を放った。

「うあっ……くっ……」

色気溢れる声とともに口内で先生自身が震える。

それが数回繰り返されると動きが止まり、ゆっくりと口から引き抜かれた。

彼が離れていく寂しさを感じながら、私は口いっぱいに溢れる液をコクリと飲み干す。

これは甘い媚薬《びやく》だ。

彼の放ったモノが喉を通り体内に入っていくと、頭から爪先まで電気が流れ、身体の中心がジワリと熱を持つ。

「優衣……優衣っ！」

突如先生に抱き上げられ、ボスンとベッドに放り投げられた。

撥《は》ねた身体が落ち着かないうちに先生が覆い被さり、私の上で馬乗りになる。

首筋を舐められ、ジュッと吸い上げられると、甘い痺れが全身を襲う。

「優衣、もうダメだ……頭が沸騰してる」

「私もです」

「ヤバい、もう止められない」

「止めないで……」

ハッと顔を上げ私を見つめたその瞳は、劣情のみを宿していた。

直後、両方の胸を鷲掴みされ、痛いほど先端をつねられる。

「あっ、やっ！」

先生は間髪いれず片方の膨らみにむしゃぶりつき、舌を這わせ、ピンクの先端にキスをする。カリッと甘噛みされただけで腰が跳ね、思わず達しそうになってしまう。

「いやぁ、変になっちゃう……」

「変になれ。俺以外のことがわからなくなればいい！」

点々と赤紫の痕《あと》をつけながら、先生の舌が胸の谷間を這い、へそをたどって下りていく。

先生が私の片脚を担《かつ》ぎ上げると、大きく股が開かれた。

「やっ、やだ……ぜんぶ見えちゃう」

「うん、ナカまで丸見えだな。こんなにヒクついていやらしい」

「やっ……」

「だけど優衣が溢れさせるから、俺が舐めてあげなきゃだろ?」

ジュルッ、ペチャッと湿度の高い音を響かせて、一心不乱にむしゃぶりつかれた。

「あっ、もうっ……イクっ！」

激しい舌技に腰が震え、あっという間に達してしまう。

「まだだ、もっと……」

余韻《よいん》がおさまってもいないのに、蜜壺に長い指が挿し入れられる。

ぐるりとナカを掻きまわされて、またしても腰が跳ねてしまう。内壁がキュッと収縮した。

「もっ、ダメ！　もうイったから……っ！」

「またすぐに快《よ》くなる」

すでに柔らかくなっている肉壁の天井を指の腹で撫でられ、嬌声が上がる。

同時に蕾に吸いつかれた。唇で挟まれ、舌でチロチロと揺らされる。

「っは……凄いな、グチョグチョだ」

「やっ、も……っ、ああっ」

抽送が速められ、最後に剝《む》き出しの蕾をつねられて……

「あっ、あぁ――っ！」

ビリッと痺れが走った途端、目の前で光が弾《はじ》けた。

「挿《い》れるよ」

いつの間に準備したのだろう。

ぐったりしている私の股に、先生のモノが充てがわれている。

「先生、私、もう……ああっ！」

ズンッ！　といきなり最奥まで貫かれ、思わずギュッと目を閉じた。

もうこれ以上は無理だと思っていたのに、子宮口をグリグリ抉《えぐ》られると新たな波が起こりはじめる。

「は……っ、優衣のナカは熱くて狭いな。快すぎて保たない」

先生の言葉に嘘はなく、グンと硬く大きくなった張りがナカで存在を主張している。

カチカチの鈴口で引っ掻かれると、えも言われぬ快感に背中が震えた。

「優衣っ、激しくするよ」

言うが早いか抽送が速くなり、グチュグチュと愛液が零れ出る。

やがてパンパンッ！　と肉のぶつかる音が響きはじめると、子宮のあたりから大きな波が迫ってきて、すべてが呑み込まれ……

「あっ、あっ……いやぁ、イっちゃう！」

「俺も……イクっ！」

その瞬間キツく抱きしめあい、同時に声を上げて。

私は彼の背中に夢中で爪を立てながら、身体の奥でほとばしる熱を必死に受け止めていた。

4、塩谷匡史は見守りたい　side 塩谷

心地よい眠りから意識が急浮上した。

パッと目を開け隣を見ると、そこには愛しい恋人の寝顔。

安心すると同時に、今すぐキツく抱きしめて全身にキスの雨を降らせたい衝動に駆られる。

――いかん、いかん。それでは優衣《ゆい》を起こしてしまう。

壁に掛かった丸い時計を見ると、時刻はまだ午前九時前。

彼女は……というか俺自身もだが、眠ったのは明け方近くだったから、まだ四時間ほどしか経っていないことになる。

身体の底から疲れきっているであろう彼女を、今日はゆっくり休ませてあげたい。

まあ、俺はもちろんこのまま起きているつもりだけど。

寝ているよりも優衣の寝顔を見ているほうが元気になれるし、寝ている暇があったらひたすら優衣を愛でていたい。

本当は今すぐ抱きしめてキスしたいところだが、今は我慢する。

――優衣に触れたい。キスをしたい。抱きしめたい。

優衣を起こさずにキスする方法はないだろうか。

いや、いっそもう起こしてキスしてしまおうか。可能なら今からもう一ラウンド……

――いかん、いかん。自制しろ、俺！

優衣と付き合いはじめて気づいたことがある。

驚くことに、俺は自分が思っていた以上に器《うつわ》が小さく堪《こら》え性《しょう》のない男だった。

幼い頃から自制心はあるほうだと思っていたし、周囲にもそう見られていたと思う。

感情や表情のコントロールは得意だったし、そうあるよう心がけてきた。

それゆえに『塩対応の塩谷《しおや》』と陰口も叩《たた》かれてきたわけで……

なのにどうだ、俺はこの一週間だけでもかなりの醜態《しゅうたい》を晒《さら》していないか？

飲み会の席で同僚の放射線技師と口論し、酔った優衣には介抱するどころかいきなり抱いてしまった。いや、抱いたこと自体は後悔していない。

あの夜がなければ俺達の仲はまだ進展していなかっただろうし、今のこのしあわせだって得られなかったのだから。

だが、そのあとがマズい。

付き合えることになってからは絶賛『見守《みと》り強化月間』に突入中で、優衣の夜勤中にいそいそと顔を出したりカフェテリアで見惚れたり。

ダメだと思っていてもついつい優衣を探してしまうし、常に彼女の存在を意識してしまうのだ。

自分が女性にハートマークのついたメッセージを送ることになるなんて、想像していたか⁉

あのときは優衣とのやり取りが楽しくて、テンションがおかしくなっていた。

あとで読み返して、恥ずかしさのあまり悶絶《もんぜつ》したのは言うまでもない。

他の病棟の医療事務が電話番号を書いた付箋紙《ふせんし》をCDケースに貼ってよこした時には殺意が湧いた。

優衣も見ている目の前で何してくれてるんだ！

速攻で握りつぶしゴミ箱に放り込む。

――優衣、これが俺の気持ちだ！　俺はこんなものに心動かされたりしないし浮気はしない！　頼むから俺を信じてくれ！

あのとき、機械にCDを挿入しながら指先が震えたのには気づかれていなかったと思いたい。

なのにあの女、そのあとカフェテリアでも隣に座ってきやがった。

やめてくれ、背後からは優衣の親友、見守り仲間の森口《もりぐち》さんがこちらを見ているんだ。

優衣はもちろんだが、森口さんの信用も失うわけにはいかない。

外堀はしっかりガッチリ固めておかないと。

隣の女に背を向けて、『森口さん見てくれ！　俺は浮気なんてしていないから！』と猛烈アピールをする。

そのあと優衣と二人でクスクス笑っていたから、俺に対して怒っているわけではなさそうだ。気になるのであとで優衣に聞いてみよう。

いや、それを口実に優衣に会いに行ってしまえばいい。

それにしても、マキが優衣と二人きりで話したのは、俺の誤算だった。

俺は焦《あせ》っていたのだ。

優衣には『マキは彼女ではない』と再三言ってきたものの、どうも信用されていない様子で。慎重になるマキの気持ちはわからないでもないが、こっちだって運命の恋人との未来がかかっている。

だからマキと姉貴に泣き寝入りや脅《おど》しまがいのメールを送って、優衣に真実を伝えたいと訴えたのだ。

その結果、マキが優衣に接触し、誤解が誤解を生み……優衣を余計に悲しませてしまった。

だけど、それをきっかけに真実を伝えられて、優衣の本音や心の傷も知ることができたのだから、結果オーライとも言えるのだろう。

——だが、優衣の胸を揉んだことは一生許さん！

マシュマロおっぱい。

姉貴とマキに聞かされるまでは、そんな単語があることさえ知らなかったが、上手《うま》いたとえがあったものだと思う。

優衣のそれはまさしくマシュマロだ。

はじめて抱いた日にも感じたことだが、優衣の肌は気持ちいい。

ほどよくしっとりしていて弾力があり、そして驚くほど俺の肌によく馴染《なじ》む。

触れるだけで鳥肌が立つような感覚があり、ずっとピタリとくっついていたくなるのだ。

特に柔らかいのは唇と胸。

大きくはないが、ほどよい大きさの胸の膨らみは、手のひらで揉めば自在に形を変え、指を沈めれば柔らかく受け入れる。

そんな極上のおっぱいを他のやつに触れさせたくないし、ずっと舐《な》めていたい、味わいたいと思っても仕方がないだろう。

俺の目の前で優衣の身体を触りまくったマキ達は敵認定した。

これからはもっと警戒しなくてはと思う。

アイツらのせいで嫉妬に狂った俺は我を失い、こともあろうに公共の駐車場の車内で優衣を襲ってしまった。

余裕のない男だとあきれられたに違いない。

だけど……

そんな俺を優衣は受け入れてくれた。

この小さく可憐な口に、俺のモノを咥《くわ》え込んで必死に顔を動かして……

俺の精液をコクリと飲み干した白い喉を思い出すと、下半身がズクンと痛くなる。

「ヤバっ」

俺のがまた勃《た》ってきた。一晩中優衣の身体を堪能させてもらったというのに。

「フッ、俺、余裕がなさすぎだ」

八歳も年下の二年目ナース。

まだまだ若く成長途中の彼女には、未来の選択肢が無限に広がっている。

彼女のやりたいことを邪魔してはいけない、縛りつけてはならない。

そう思う一方で、今すぐ将来の誓いを交わし、彼女のすべてを独占したいという欲求に負けそうになる。

優しく包容力のある彼女は、俺が強く求めれば断れないだろう。

「はい」とうなずき俺の手をとってくれるに違いない。

そうやって囲い込んでしまえばいい。

――ダメだな。

苦笑しながら首を振る。

俺は医師としても人間としてもまだまだ未熟で発展途上で。

そんな俺が彼女を縛りつけていいはずがない。

彼女に相応《ふさわ》しい男になりたい。
彼女を守り、支え、導ける大人の男になりたい。
そのための努力なら惜しまない。
――優衣、待っていて。
あの冬の日の君が俺の気持ちを動かしたように、今また俺は、君のために前に進む。
もっともっと頑張って、もっともっと優秀な医師に、そして最高の男になって……
君を本当に独占する権利を得られたそのときには、どうか塩谷優衣になってほしい。
そう言わせてほしい。
俺はずっとずっと、そう思っているんだ。

5、職場恋愛の心得

午後九時の見廻り《ラウンド》を終えてナースステーションに戻ると、三木元《みきもと》さんが電子カルテに向かいながら今年入った新人の杉山《すぎやま》さんと話しているところだった。

三木元さんは二十八歳、今年七年目の中堅ナースで、派手でお喋《しゃべ》りだけど仕事は早い。

私はあまり人の好き嫌いがないので彼女のことも頼もしい先輩としか思っていなかったのだけど……今は少し苦手になりつつある。

それは彼女が塩谷《しおや》先生ファンの肉食系ナース筆頭で、最近なにげに私への当たりがキツくなっているからだ。

三木元さんは私が戻ってきたことに気づくと、開口一番「ラウンドに時間をかけすぎ」と言い切った。

夜勤者の人数は三名。さらに一人が仮眠に入ってからは、たった二名で四十床の患者のお世話をしなくてはならない。

やることは山積みなのに、そんなにゆっくり患者とお喋りされたら他のスタッフに迷惑だから。そう言われると、私はただただ謝るしかない。

三木元さんの言うことはもっともだと思う。

病室でゆっくりしていたら他の仕事が滞る。検温を済ませたらさっさとナースステーションに戻ってカルテ記載するほうが、作業の流れとしてはうまくいくのだろう。

けれど私はなんだか腑《ふ》に落ちない。

ナースの仕事は検温して処置をすることだけなのだろうか。

入院中の患者の話を聞き、彼らが抱えている不安や苦しみをどうしたら軽減できるかを考えることだって、看護の一つじゃないのかな。

実際、受け持ち患者の元で話を聞いていると、同じ部屋の患者から「三木元さんは途中で話を打ち切ってさっさと行ってしまう」と言われたことが何度もある。

てきぱきと仕事をこなす三木元さんの姿勢は素晴《すば》らしいと思うけれど、話を聞いてもらえなかった患者の気持ちを考えると、胸にモヤモヤしたものが残ってしまうのだ。

それでも先輩相手に口ごたえする勇気がないので、ペコリと頭を下げてカルテに向かう。

――そりゃあ私が遅いのは反省すべきだけど。

以前はここまでキツい物言いをされてはいなかった。

こうなったのは、そう、歓送迎会で酔って塩谷先生に送ってもらったあの日からだ。

私がそっとため息をつきながらカルテに文字を打ち込んでいると、後方から二人の会話が聞こえてくる。

「……だからね、塩谷先生は今じゃどのナースにもなびかないの」

「そうなんですか、カッコいいから絶対に彼女がいるだろうなとは思ってました！」

――あっ、またはじまった。

以前の塩谷先生はかなりの遊び人で、病院のスタッフ何人かに手を出していた。

今は消化器内科の井口《いぐち》マキ先生と付き合っているから落ち着いているけれど、油断すると遊ばれてポイ捨てされるから気をつけて。

これは去年、私がこの病棟に配属された直後に三木元さんから繰り返し聞かされた話だ。

奈々子も同じ話を聞いたと言っていたから、三木元さんは毎年新人が来るたびにこの話をしているのだろう。

私はすっかり信じ込んでいたけれど、本当の塩谷先生を知った今ならわかる。

三木元さんはこうやって他のナースを牽制《けんせい》しているのだ。

塩谷先生と親しくさせないために。

そんなことを考えながらキーボードを叩《たた》いていると、聞き捨てならないセリフが耳に飛び込んできた。

「塩谷先生が研修医だった頃に、私が救急外来に配属されたの。あの頃の先生はまだ初々しくて、新人の私にも甘い笑顔で微笑《ほほえ》みかけてくれてね。楽しかったなぁ～」

「ええっ！　もしかして三木元さん、塩谷先生と付き合ってたんですか」

「ふふっ、ご想像にお任せします。でもあの頃の先生は、本命を作らずにヤンチャしてたからね」

私は思わず指を止め、全神経を後方に集中させる。

──絶対に嘘《うそ》！　先生はそんなことをしていないし、三木元さんとも付き合っていない。

「……とにかく、塩谷先生は私達が手に負える相手じゃないわ」

三木元さんはそこまで言うと、私の背中に向かって声を張り上げた。

「野花《のばな》さんも、ちょっと優しくされたからって期待しないほうがいいわよ。ポイ捨てされたくなければドクターとの距離感を忘れないこと、いいわね！」

私は椅子《いす》ごとクルリと振り返り、三木元さんを真っすぐ見据《みす》えた。

「それは……どんな根拠があって言ってるんですか？」

「えっ⁉」

──ああ、ダメだ！

今後のことを考えれば、ここは黙って聞き流すべきだ。

先輩ナースに言い返すなんて正気の沙汰《さた》じゃない。

それはよくわかっている。

だけど、このまま黙って聞いているなんて、私にはできない。

だって、こんなのひどすぎる！

――先生は……塩谷先生はそんな人じゃない！

「私は塩谷先生を立派な呼吸器科医だと思っています。根拠のない噂話《うわさ》で侮辱《ぶじょく》するのはよくないと思います」

三木元さんの顔色がサッと変わり、目が吊《つ》り上がる。

頭の片隅で警報が鳴り響いたけれど、もう私には自分自身を止めることができなかった。

「私は……塩谷先生を尊敬していますので」

そこまで言うと、私は唾をゴクリと飲んで黙り込む。

しばし無言で三木元さんと対峙していると、ナースコールが鳴って我にかえった。

慌てて立ち上がって応答し、逃げるように病室へと向かう。

――言ってしまった……

まだ心臓がドキドキしている。

基本的に受け身な私は、誰かと揉めたり言い争ったりするということがほとんどなかった。病院に就職してからも同僚とはうまくやれていたと思うし、ましてや先輩に歯向かうなんて考えたこともなく。

だけどさっきのあれは許せない。

デタラメばかりを吹き込んで、そのうえ自分と塩谷先生が恋人関係にあったかのように匂わせて。

――ひどい、先生が可哀想《かわいそう》！

頭がカッカして、胸が痛くて苦しくて。

自分が先輩に言い返したという驚きと、これから起こるであろうことへの恐怖。

いろんな感情がごちゃ混ぜになって心臓が早鐘を打つ。

私は彼女を完全に怒らせてしまった。だけど口に出した言葉はもう戻らない。

私は間違ったことを言ってないし、言ったことを訂正するつもりもない。

――なるようになるしかない……よね。

不安な気持ちを振り切るように、私は笑顔を作って病室に入った。


それからの三木元さんは終始《しゅうし》不機嫌で、私の存在など目に映っていないかのように杉山さんだけに話しかけている。

幸い私のほうも三木元さんの判断を仰ぐような案件がなかったため、二人の会話に参加することなく、自分のすべき業務を黙々とこなしていた。

三木元さんが、「それじゃ、お先に～」と杉山さんだけに声をかけて仮眠室に入ると、途端に杉山さんが私に近寄り、「三木元さん、怖かったですね」と苦笑してみせる。

「三木元さん、野花さんをライバル視してるんですよ。あの人って塩谷先生を狙ってるじゃないですか～。この前の歓送迎会で塩谷先生と野花さんが消えたあと、三木元さんの顔が般若《はんにゃ》みたいになっててめちゃくちゃ空気が悪くなって～」

話を聞くと、どうも杉山さんは三木元さんの話を全面的に信じているわけではなく、他の新人ナースと一緒に『敵にまわすと怖い要注意人物』だと認定しているらしい。

「あの人、塩谷先生にまったく相手にされてないのに必死すぎですよね～」

なんて笑顔で言われると、誰を信用していいのかわからなくなる。

――昨今《さっこん》の若者、おそるべし！

ついさっきまで三木元さんの話に素直にうなずいていたのに、この変わり身の早さ。

私もこんなふうに適当に話を合わせておけばよかったのかな……なんて思ったけれど、もう遅い。

それにやっぱり、三木元さんの嘘は許せないと思うし。

「私が見た感じだと、塩谷先生は野花さんを気に入ってますよ。結構チラチラ見てるんです。三木元さんもそのことに気づいてるからイラついてるんですよ、きっと」

「えっ、そ、そうなんだ～」

杉山さん、かなり鋭《するど》い！

これは経験値の差なの？　つい最近まで三木元さんの話を丸ごと鵜呑《うの》みにしていた私と違いすぎる！

「野花さんは真面目《まじめ》そうだから大丈夫だと思いますけど、逆に真面目だから遊ばれやすいっていうこともありますからね。三木元さんじゃないですけど、塩谷先生には気をつけたほうがいいと思いますよ」

「あっ、うん……ありがとう」

――凄いな、この子。当たらずも遠からずというか……

本当はもう真剣交際中なのでご心配なく……と言うわけにもいかないので、曖昧《あいまい》にうなずいてお茶を濁《にご》しておいた。

それにしても、塩谷先生はそんなにチラチラ私を見てるのかな。

周囲に気づかれるとしたら、私の挙動不審な態度からだと思っていたけれど。

これはお互い気をつけるよう先生と再確認せねば……と思いつつ、ついニヤけそうになってしまいそうで、慌てて表情筋を引き締めておく。

不穏な空気ながらも大きなトラブルなく夜勤が終わり、私はそそくさと病棟を後にしてロッカールームへと逃げ込んだ。

早く着替えてアパートに帰ろう。

そして、お互いの言動に気をつけるよう先生にメールしておこう。

――三木元さんが言っていた内容は言わないほうがいいよね。きっと塩谷先生を傷つける。

そんなことを考えながらロッカールームを出ると……

「あっ！」

すぐ目の前には、腕を組んで廊下の壁にもたれ、険しい顔でこちらを睨《にら》みつける三木元さんがいた。

「野花さん、ちょっと付き合ってちょうだい」

三木元さんが壁からゆっくりと身体を起こす。

――あっ、これは……

マズい……と直感的に思った。

この前のマキ先生のは勘違いだったけど、これは本物だ。高校生なら校舎裏に呼び出すやつ。

「……はい」

断って帰ろうかと一瞬思ったけれど、そんなことをしたって無駄《むだ》なので、素直に従うことにした。

だって病棟に行けば同僚として嫌でも顔を合わせるのだ。

今逃げたって先延ばしになるだけ。意味がない。

三木元さんに連れて行かれたのはロッカールーム近くの階段下で、私は壁を背にして逃げ道を塞《ふさ》がれた格好だ。

「あんたさ、まだ二年目のぺーぺーのくせに調子に乗ってない？」

私は恐怖のために反論できず、床を見つめて黙り込む。

「まさか変な期待をしてるんじゃないでしょうね。塩谷先生があんたに話しかけるのは、あんたが先生の患者を多く受け持ってるから。たまたまなの！」

三木元さんは何も言わない私相手に、一方的に言い募る。

いわく、塩谷先生にはマキ先生という立派な彼女がいる。あなたレベルで相手にしてもらえるわけがない。

自分は塩谷先生に遊ばれて泣いた子をたくさん知っている。

可愛い後輩が一晩だけで捨てられるなんてひどい目に遭うのを見たくない。

これはあなたのためでもあるのだ。

こちらは親切で言ってあげているのだから、先輩の忠告はしっかり聞くべきだ。

とにかく塩谷先生とは距離を取れ。

「あなたが受け持っている塩谷先生の患者を、私の患者と交換してあげるわ」

そこまで聞いたところで、またしても私の怒りが沸々《ふつふつ》と湧いてきた。

百歩譲って私や塩谷先生の悪口を言うのは許容しよう。

腹は立つけれど、杉山さんのように『勝手に言っていろ』と適当に受け流しておけばいい。

だけど個人的な感情で業務に支障をきたすようなことを言うのはアウトだ。

患者を交換してあげる？　冗談じゃない。

今受け持っている患者のことを一番詳しく知っているナースは私だ。

入院時に車椅子を押して病棟の案内をし、生活環境まで詳しく話を聞き、カルテを作り看護計画を立てたのは、この私。

なのに患者との信頼関係を壊すようなことを平気で口にするなんて、そんなのナース失格だと思う。

私は顔を上げ、身体の横でグッと握りこぶしを作る。

三木元さんをキッと睨みつけたら、彼女は「なっ、何よ！」と言葉を詰まらせた。

「患者さんを侮辱するようなことを言わないでください！　物じゃあるまいし、簡単に交換なんてできるわけないでしょう！」

まさか反論されるとは思っていなかったのだろう。

三木元さんは一歩あとずさってたじろぐと、次の言葉を探して目を泳がせた。

「そっ、それはものの例えというか……ベテランの私が受け持ったほうが患者も喜ぶし、病棟の業務もスムーズに運ぶから……」

「私の受け持ち患者さんがそれを望むなら、交代も仕方がありません。どの患者さんがなんて言ったんですか？　どちらに受け持ってほしいのか今から聞きに行きましょうよ！」

「それは……」

「それに、塩谷先生が遊んでいるとか、ひどい目に遭わされるとか、そんなのなんの証拠もないじゃないですか。発信源もわからないような噂話で誰かを侮辱するなんて失礼です！」

私が塩谷先生の名前を出したことで、火に油を注いでしまったらしい。

途端に三木元さんが顔を鬼のように赤くし、目を見開いて怒鳴りだす。

「あなたねぇ、まだ二年目のくせに生意気なのよ！　みんなで無視して病棟にいられないようにしてやろうか！」

「へぇ～、呼吸器内科ってナースが無視して新人いじめするのが許されてるんだ」

――えっ？

突然頭上から聞こえてきた声に、私も三木元さんも動きを止める。

そろりと階段を見上げると……

「マキ先生！」

上からピョコリと顔だけ出して見下ろしているのは井口マキ先生で、私達があっけにとられている間にトトンと軽やかに階段を駆け下りてくる。

彼女は首から聴診器をぶら下げ白衣のポケットに手を突っ込んだ診察スタイルで、三木元さんの横をすり抜けると私の隣に立った。

「大丈夫？」と聞かれ私がうなずくと、私を庇《かば》うように一歩前に出て三木元さんに対峙する。

「よその病棟ナースのゴタゴタに口を挟むのはどうかと思ったけど、患者に影響を与えることとなれば看過できないわね。同期の塩谷先生の患者となれば、なおさら」

そのマキ先生の言葉に、三木元さんはここぞとばかりに訴える。

「塩谷先生……そう！　マキ先生、そこの野花さんが塩谷先生を狙ってるんですよ！　だから私は、マキ先生がいるのに泥棒猫みたいな真似《まね》をするなって叱《しか》ってたんです」

「ひどい、泥棒猫って……！」

咄嗟《とっさ》に反論しようとすると、マキ先生は私を振り向き目で制止する。

そして再び三木元さんに視線を戻した。

「塩谷先生は独身で彼女もいない。誰と付き合おうが自由だし、あなたには関係ないんじゃない？」

「彼女も……って、だって、マキ先生が彼女……」

「私も塩谷先生も付き合ってるなんて言った覚えはないよ。ただの同期で親友。あのカタブツ野郎に彼女ができるなら大歓迎だわ」

それを聞き、ならば自分が……と表情を明るくした三木元さんに、先生は告げる。

「言っとくけど期待しても無駄だよ。あなたみたいなのはアイツが一番嫌いなタイプ。それに……」

マキ先生は白衣のポケットからスマホを取り出し口角を上げる。

「あなた達の会話は録音させてもらった」

「えっ！」

私と三木元さんが同時に声を上げる。

「私だって大騒ぎはしたくないけど、個人的な感情に患者を巻き込むようなら、コンプライアンス委員会にも報告しなきゃならなくなるよ」

そう言われ、三木元さんが顔色を変えた。

コンプライアンス委員会は院長や総看護師長、事務長など病院の主要メンバーに外部の弁護士を加えた数人で構成されている特別委員会で、院内トラブルに繋がる事案があれば即座に対処することになっている。

基本的には医薬品や医療機器に伴う贈収賄だったり医療ミス関係だったり、対外的な趣《おもむき》が強いので、ナース同士のちょっとしたいざこざを持ち込むのには敷居が高い。

だけどマキ先生は私達のやり取りを録音したことで、いざとなったらそこにこれを持ち込んで問題にすることもできるのだぞ……と、暗に脅《おど》しをかけているのだ。

黙り込む三木元さんにマキ先生が厳しい視線を向ける。

「あなたが誰を好きになろうが勝手だけどさ、そのために人を蹴落《けお》とすことばかり考えてないで、自分が好かれる人間になるよう努力しなよ。頑張る方向が間違ってる。巻き込まれる患者が可哀想」

顎でもう行けと促され、三木元さんはそそくさとロッカールームに駆け込んでいった。

その後ろ姿を見送ってから、マキ先生は私の肩に手を置き、「頑張ったね」と目を細める。

私を見下ろすその笑顔はまさしく白馬に乗った……じゃなくて、白衣を羽織った王子様。

背景に薔薇《ばら》を飛ばしたら誰よりも似合いそうだな……なんて、こんなときなのに場違いなことを考えてしまう。

「マキ先生、どうもありがとうございました」

　私が一歩下がってお辞儀をすると、先生は「ここじゃなんだから……」と私の肩を抱き、従業員用出入り口から外に連れだした。

「えっ、先生お仕事！　外に出ちゃっていいんですか？」

「ああ、USBメモリをコートのポケットに入れたまま忘れててさ。カンファレンスに必要だから車に取りに行こうと思ったところで……修羅場に遭遇してビックリ」

「……申し訳ありません。でも、ありがとうございました」

「うん、そういうわけで、カンファレンスまでの二十分間で話を聞かせてもらえるかな？」

　先生は従業員用駐車場に置かれた赤いセダンの助手席に私を座らせると、自分は運転席へと乗り込む。

「ここなら誰にも聞かれないから……。揉《も》めごとの原因と内容はさっき聞いてたから大体わかってる。要はあのナースがフミ狙いってことだよね？」

「はい」

　私が夜勤中のやり取りを簡単に話して聞かせると、マキ先生は間髪おかず、「フミに言おう」とスマホを手にする。

「やっ、ちょっと待ってください！　話すには話しますけど、全部はちょっと……」

三木元さんが塩谷先生狙いなことや私達の動向を気にしていることは話すつもりでいる。

気をつけたほうがいいのは確かだから。

だけど先生に関する変な噂だったり、私が呼び出されたりしたことは、できるなら伏せておきたいのだ。

だって、いくら先生が噂話の内容を知っているといったって、職場の同僚が自分の彼女の目の前でそんな話をしていると聞けば、いい気はしないはず。

「先生を心配させたくないんです。三木元さんは同じ病棟だし、塩谷先生の患者さんも何人か受け持っている。ナースの揉め事で先生が仕事をしづらくなったら困ります」

私がそう告げると、マキ先生はひとつため息を零《こぼ》す。

「フミは優衣《ゆい》ちゃんに起こったことを、隠されるほうがつらいと思うけどな」

「隠すというか……」

そうか、言わないということは隠しているということになるのか。

考え込む私に、マキ先生は自分だったら香織《かおり》に隠しごとをされたくないし、問題があれば一緒に考えたい……優衣ちゃんはそうじゃないの？　と問いかける。

うん、私だって先生に悩みがあれば聞かせてほしいし、一緒に考えたい。

そうか、つまりそういうことなのか。

「それにさ、ほら、アイツはそんなヤワな男じゃないでしょ？　今日のことがあろうがなかろうが、アイツは何も変わらないよ。今までどおりポーカーフェイスで塩対応を続けるだけのこと。そうじゃない？」

確かにそのとおり。先生はそんなに弱い人じゃない。

相手が誰であろうとどんな感情を持っていようが変わりなく、塩対応で真面目に仕事をこなすのだ。

隠しごとをして一人で頑張ろうとしていた自分が恥ずかしい。

コクリとうなずく私に、マキ先生は花のような笑顔を見せる。

「うん、わかればよろしい」

――わぁ、麗《うるわ》しい！

「マキ先生、本当にありがとうございました。先生が颯爽《さっそう》と現れたのを見たときは、自分が王子様に救われるお姫様になった気分でした」

「本当に？」

「本当ですよ」

力強くうなずいた私の肩に手を置き、マキ先生は蠱惑的《こわくてき》な笑みを浮かべた。

「それじゃ王子様のキスを受けてみる？」

「ええっ⁉」

「私のキス、めちゃくちゃ気持ちいいよ。フミのと比べてみない？」

「いえ……遠慮しておきます」

「ちぇっ！」

ちぇっ！　じゃないですよ、マキ先生！　さっきまでのカッコよさが半減です！

「……それじゃ、マシュマロおっぱい揉んでもいい？」

「ダメです！」

「そこをひと揉み！」

「ひと揉みでもふた揉みでもダメですよ」

速攻でお断りした。

「優衣ちゃんケチだね」

「香織さんという、れっきとしたパートナーがいるのに、他の子のおっぱいを揉もうとするのはアウトだと思います」

「香織はそんなことで怒らないもん」

『もん』とか可愛い言い方をしても、ダメなものはダメなんです！

「私のは……その……塩谷先生の物なので」

恥ずかしいけどうつむきながらそう言ったら、マキ先生はなぜか大喜びで。

「くぅ～っ、可愛《かわい》い！　さすが私の義妹《いもうと》！　よい子！」

胸を押しつけてむぎゅっとハグされた。

これくらいならたぶんセーフですよね？　塩谷先生。

いや、塩谷家の平和のために、やっぱり内緒にしておこう……と思った。


アパートに帰ってウトウトしていたら、スマホの音で起こされた。

時刻は午後一時過ぎ。私はお昼も食べずに寝続けていたらしい。

スマホ画面には『ふみちゃん』の文字。

塩谷先生の名前をそのまま登録していたら、奈々子《ななこ》に『危機管理の欠如！』と叱られ変更させられたのだ。

仰るとおりで言い訳のしようもない。私は本当によい親友を持ったと思う。

そんなことを考えながら画面をタップしたら、すぐに先生の声が聞こえてきた。

『優衣、起こしてごめん。話しても大丈夫？』

声ひとつで私が寝起きだと気づかれてしまった。どれだけ耳がいいんだろう。

『マキから聞いた。ごめんな、優衣のピンチに駆けつけられなくて。それで……今夜、俺のマンションに来ないか？』

「えっ、先生の⁉」

先生と付き合いはじめてまだ十日ほど。

私達は仕事以外では平日に会ったことがないし、ましてや先生の住居なんて見たこともない。まだ付き合いたてだというのもあるけれど、お互い仕事が変則的で忙しく、特に先生は夜中の呼び出しもあるため予定が立たないのだ。

「だって先生、忙しいんじゃ……」

『忙しくたって優衣に会う時間は作れる。俺が会いたいんだ。来てほしい、ダメ？』

ダメなはずがない。

私だって先生に会いたいと思っていた。

ゆっくり話したいし顔を見たい。そして先生に触れたいのだ。

「ダメじゃないです。会いたいです。会ったらたくさん……ギュッってしましょうね」

すると電話の向こう側で絶句した気配があり、やけに低くて苦しそうな声が聞こえてきた。

『……バカヤロウ、これから病棟回診なのに勃《た》たせるな』

「えっ！」

それから先生はクスッと笑い、今度はとびきり甘ったるい声で囁く。

『ギュッてするだけで済むはずないだろ？　お泊まりセットの準備をしておいて』

「ええっ⁉」

動揺する私をからかうように、『仕事が終わったら迎えに行くから。楽しみだな』そう言って電話は切れた。

それから慌てて可愛い下着選びをはじめたのは言うまでもない。

『今から迎えに行く』

そう塩谷先生からメッセージが届いて十分後には、アパートの前に黒いセダンが横付けされていた。

時刻は午後五時四十五分。先生は本当に仕事が終わってすぐに駆けつけたらしい。

先生は車のドアを開けて私を助手席に座らせると、お泊まりセットで膨らんだボストンバッグをトランクに放り込む。

それからすぐに運転席に乗り込み、私に微笑みかけてから車を発進させた。

「早かったですね」

私が『仕事が終わるのが』と『連絡してからアパートに到着するのが』両方の意味でそう言うと、先生はクスッと笑って「当然」と答えた。

「優衣に会うために倍速で仕事をこなしたし、思いつく限りの異常時の指示をカルテに書き込んできた。よほどじゃない限り呼び出されることはないと思う。それからロッカールームで優衣にメッセージを送って、直後に駐車場までダッシュした」

「ダッシュって、小学生じゃないんですから、廊下を走っちゃダメですよ」

「ハハッ、本当だな、ごめん、ごめん」

先生は笑いながら片手で私の髪をクシャッと撫《な》でる。

これは絶対に反省していない。きっと車も猛スピードで飛ばしてきたのだろう。

だって私のアパートは病院から車で十二分の距離。ロッカールームで連絡をよこして、十分で到着する時点でどう考えてもおかしいのだ。

だけどそこまでして私に会いにきてくれたのだと思うと、嬉《うれ》しくて心が浮き立ってしまう。

普段は午後七時や八時過ぎまで病棟にいるのも珍しくないし、本当ならすぐに家に帰ってシャワーを浴びたいに違いない。

疲れているだろうに、わざわざこうして迎えにきてくれるのも、彼の愛情表現なのだ。

「ふふっ」

「えっ、何?」

「こうやって車でお迎えって恋人っぽいな……って思って」

「恋人なんだから、当然だろ?」

信号待ちでチュッとキスされた。

うん、本当に恋人っぽい。なんだか恥ずかしい。

先生のマンションと私の住むアパートは、大学病院を挟んで反対側に位置している。

車は二十分ほど走って、焦げ茶色のモダンな十五階建てマンションに到着し、そのまま地下駐車場に滑り込む。

先生に手を引かれエレベーターに乗り込むと、先生は私にキスしながら十二階のボタンを押した。

舌が差し入れられ口づけが深くなる気配に、私は慌てて胸を押し返し、距離をとる。

「先生、ダメですっ！　防犯カメラがついてるし、誰かが乗ってくるかも……」

「見られて減るもんじゃないし、上に行くエレベーターになんか途中で誰も乗ってこないよ」

再び引き寄せられキスされて、廊下に出る頃にはすでに私は腰が砕けそうで。

先生に支えられるように部屋に入ると、室内を見学する間もなく浴室に連れ込まれていた。

「あっ、やっ……ふあっ、ダメっ」

「ダメじゃないだろ、乳首が勃ってる」

「だって、ああっ、やぁっ！」

立ったまま壁に手をついて脚を開かされ、後ろから先生に胸を揉まれている。

私の全身は男性用ボディソープの泡に包まれ、浴室内にはハーバルグリーンの香りが充満していた。

股の間には先生の屹立が充てがわれ、ソレはヌルヌルと割れ目を滑っている。

カリで前の蕾を引っ掻かれるたびに電気が走り、喉をそらして叫《さけ》んでしまう。

「は……っ、気持ちい……早く優衣に触れたいと思ってた……」

私のうなじに口づけながら、先生が切羽詰まった声で呟《つぶや》く。

「優衣が電話で誘うようなことを言うから……あのあと病院のトイレで自分で抜いた」

「えっ、嘘っ！」

先生は振り返る私の唇を奪い、合間に「優衣のせいだ……」と漏《も》らす。

「今日は会ったら、絶対こうしてやるって決めてた」

ギュッと乳首をつねられ悲鳴があがる。

その声を唇で塞ぎながら、先生は自分の漲《みなぎ》りを私に擦《こす》りつける。

「やだっ、擦れる！　……ああっ、凄い！」

怒張した鈴口で刺激され、前の蕾がジンジンする。

お漏《も》らししそうな感覚に怖くなり、思わず脚を閉じてしまう。

「うあっ、優衣、そんなにキツく脚を閉じたら素股……あっ、ヤバい」

「えっ？」

「優衣、そのままギュッと脚を閉じてて」

私が言われるまま太ももに力を入れると、先生は私の腰を抱え、屹立を滑らせるスピードを上げた。

「やっ！」

太ももの間を硬く立派なモノが移動する。

花弁をめくり上げ、挿入直前の絶妙な位置で往復を繰り返し、刺激を与えていく。

グチュグチュという水音とともに後ろで荒い息遣いが聞こえ、興奮で頭がのぼせる。

快感のさざ波が大波になり、全身を呑み込んでいくのを感じる。

絶頂はもうすぐだ。

「やっ、凄い！　擦れる……やっ、やぁっ！」

「優衣っ、気持ちいい……っ」

先生が私の背中に抱きつきながら、左手で胸を鷲掴《わしづか》む。

右手で蕾をキュッとつままれた途端に腰が震え……

「ああ――っ！」

「優衣、俺も……イクっ！」

なんとも言えない開放感とともに、フッと力が抜け、瞼《まぶた》を閉じて……

――あっ……

後ろから支える力強い腕のぬくもりに安心すると、私の意識は白い光に吸い込まれていった。

＊　＊　＊

誰かが私の髪を撫でている。

その指先はどこまでも優しく温かく、私はその心地よさに身を委《ゆだ》ねていた。

――気持ちいい……

思わずその手を取って頬ずりすると、耳元でフッと息を吐《は》く気配。

直後に唇に柔らかいものが触れる。

「んっ……⁉」

ハッとして瞼を開けると……そこにはどアップの恋人の顔。

――先生！

「優衣、目が覚めた？」

塩谷先生は唇を離して身体を起こすと、トロけそうなほど柔和な微笑みで私を見下ろした。

乾ききっていないしっとりした髪と白いバスローブ。チラリとのぞく鎖骨がなんとも色っぽく、その神々しさに思わず手を合わせたくなる。

そう思いながら周囲を見渡すと、そこは十畳ほどの見慣れない部屋。

「あれっ？　私……」

真っ白い壁に大きめの窓。ツヤのある濃紺のカーテンと、同色の滑らかなシーツをまとったクイーンサイズベッド……

そこで思い出す。

そうだ私は塩谷先生のマンションに来て、浴室であれやこれやして……！

「……もしかして私、意識を失ってました？」

「ああ、十分くらいかな。イきすぎて意識が飛んだんだ」

そのあと先生が全身をくまなく洗って、ベッドに運んでくれたと聞いて仰天する。

「くまっ!?　……嘘でしょ」

嘘だと思いたい。恥ずかしさで全身が熱くなる。

そっと布団を引き上げて顔を隠そうとしたところで手首を摑まれた。

「ふっ、隠れないでよ。俺は優衣が気持ちよくなってくれて嬉しかったんだから」

「……嬉しかったですか？　本当に？　あんなにいやらしい私を見ても……ドン引きしてないですか？」

「ドン引きどころか……」

先生は私の手の甲にチュッとキスをすると、五本の指先にもリップ音をさせながら次々と唇を押しあてる。

「優衣の身体はエロくて艶《なま》めかしくて、反応がよくて……」

最後に私の人差し指を軽く嚙んでから、

「この子は絶対に逃がさないぞって思った」

そう言ってチロリと私を見上げた。

溢れんばかりの大人の色気にクラクラしつつ、私はしあわせを嚙みしめる。

「先生、嬉しいです。それから……私を先生のマンションに呼んでくださってありがとうございます」

「うん、今さらだけど、いらっしゃい。案内するよ」

先生に渡された予備のバスローブを羽織ってついて行くと、そこは香織さんマキ先生カップルのマンションに負けず劣《おと》らずの高級さだった。

名古屋の街並みが見渡せる都心の２ＬＤＫ。

ワンフロアに三部屋しかないため余裕のあるつくりになっており、黒を基調とした最低限の家具しか置いてないからか、余計に広く感じる。

最新式のキッチンに大型の冷蔵庫。対面式のカウンターは、新婚家庭の奥様が喜びそう。

さすがドクターは高給取りだと驚いていると、なんとこの部屋は医師免許を取得したときにご両親から『通勤に便利な場所がいいだろう』とプレゼントされたものらしい。

そういえば、この人はただの医師ではなくて御曹司《おんぞうし》だったのだと思い出す。

「凄いですね」

「気に入った？」

「はい、とても素敵《すてき》な部屋だと思います」

「それじゃ、はい、手を出して」

言われるままに両手を揃えて差し出すと、手のひらに白地にピンクがアクセントの小さな財布のようなものが乗せられた。

「えっ、これ……小銭入れ？」

「惜しい、小銭入れ付きのカードキーケースだ」

それはニューヨークの有名ブランドの品で、ファスナーのついた小銭入れの外側にはカードを挟むスペースがある。

「それで、大事なのはその中身のほう」

先生がトンと指さした場所からは、シルバーのカードがチラリとのぞいている。

引き出して見ると、それはさっき先生がマンションのエレベーターで使用していたカードキーだった。

一緒に挟まっていた紙には何やら数字が書き込んである。

驚いて見上げれば、先生はニッコリしながら「家族用のスペアキー。そっちの数字はテンキーの暗証番号だから、覚えたら破って捨ててね」

そう言ってカードキーを元の場所に挟み込むと、改めてキーケースを私の手に持たせてくれた。

「これでいつでもここに来ていいから。困ったことや悩みごとがあったら、一人で悩まず俺に相談してほしい」

──あっ……。

そうか。マンションに呼ばれてすっかり浮かれていたけれど、先生はマキ先生から三木元さんとのトラブルを聞いて心配してくれてたんだ。

それでこのカードキーを……。

「先生、心配かけてごめんなさい。そしてありがとう」

キーケースを胸に抱きしめうつむくと、先生は私を両腕で包み込み、頭の上にコツンと顎を乗せた。

「誤解するなよ。優衣を慰《なぐさ》めるためにマンションの鍵を渡したわけじゃない。優衣と付き合うことになってすぐに、そうしたいって思ったんだ」

驚くことに、先生は私と付き合いだした翌日にはキーケースを購入していたのだという。

「先生……気が早すぎる。あの時はまだどうなるかもわからなかったのに」

「十五年間もあったのに、早いはずないだろ。もう逃す気もなかったし」

「ふふっ、再会前もカウントするのはズルくないですか？」

「いいんだ、俺の中では十五年たって、やっとつかまえた恋人なんだから」

キツくキツく抱きしめられていたら、心が温かくなって安心できて。

彼がいてくれたら、どんなつらいことだって二人で乗り越えられると確信できて。

私は彼の胸に深く顔を埋めながら、右手のキーケースをギュッと握りしめた。

そして喜びに浸っていたのも束の間。

グ〜ッ、キュルルル……

――あっ！

非常に残念なことに、私のお腹が盛大に音を立てた。

ムードぶち壊しで一瞬にして感動が吹き飛ぶ。

「ハハッ、何か食べようか」

「ううっ……はい」

そこでふと気づく。そういえば私は夜勤明けから何も食べていなかった。

「私が何か作りましょうか？」

ここは少しでも女性らしいところを見せて……と冷蔵庫を開けたら、見事に缶ビールとペットボトルのミネラルウォーターだけが並んでいる。

改めてキッチンの棚も見てみると、調味料も塩コショウと砂糖くらいしかない。

あっけにとられていたら後ろから先生に抱きつかれ、耳元で「今度一緒に買いに行く？」と甘えた声が囁《ささや》いた。

「私は……その、一般庶民なので、先生が付き合ってきた歴代の彼女みたいに洒落《しゃれ》たお料理はできませんよ」

ズルい私は遠回しに過去の彼女について探りを入れる。

「他の女性の手料理なんて、母さんと家政婦さんくらいのしか食べたことないよ」

「えっ、嘘っ！」

バッと振り向いたら、三日月みたいに細めた瞳が至近距離からニマニマとのぞき込んでくる。

「嬉しいな、嫉妬してくれたんだ」

——すべてお見通し！

「もうっ、かっ、からかわないでください！」

慌てて前に向きなおり、火照《ほて》った頬を両手でおさえる。

熱い首筋に唇が押しつけられた。

「からかってない。本当だよ、優衣以外はここに入れたことがないし」

「本当ですかっ⁉」

今度こそ身体ごと完全に後ろを向くと、キッチンカウンターに両手をついた先生の腕に囲われる。

「俺は大学に入るまで勉強に必死で彼女を作らなかったし、医学部に入学後も卒業するまで実家にいたから」

「あっ、そ、そうなんですか」

「うん、そう。俺の女性遍歴なんて聞いてもいい気がしないだろうと思って、敢《あ》えて触れなかったけど……」

そう言って先生は、真っすぐに私を見つめる。

「それで優衣が、勝手に脳内の元カノと自分を比べて落ち込んだり悩んだりするくらいなら、ちゃんと話しておくよ」

嫌ならストップをかけてね……と前置きしたうえで、先生は過去のお付き合いについて語ってくれた。

先生は昔からモテて、自分をめぐる女性同士のいさかいを嫌というほど見せつけられてきた。好きだとも言っていない相手から『自分とあの子のどちらを選ぶのか』と詰め寄られたり、時には家の前で待ち伏せされたり。

早くから呼吸器内科医になることを決めていた先生は、これではとてもじゃないが医学部受験どころではないと、女子からの誘いは片っ端から断り、女性の参加する集まりも避《さ》けるようにしてきたのだという。

「だけど、医学部に合格して一息ついた頃に、同期の子から告白されて」

同じ道を志す子ならお互い切磋琢磨していけるかと思ったら、そのうちに独占欲を剝《む》き出しにしはじめ、四六時中くっついてくるようになった。

まだ将来の話もしていないのに、いずれは一緒に真命会《しんめいかい》病院で働きたいとまで言いだす。

「彼女には申し訳なかったけど、俺にはそんな未来を思い描くことができなくて、半年弱で別れを告げた」

次の彼女は親友に連れて行かれた薬学部との合コンで知り合った子。

何度か集団で遊んでいるうちに彼女のほうから告白された。

しかし結果は前回と同じで……

しかも別れ話にゴネられて、ちゃんと別れるまでに数ヶ月を要したのだという。

「真命会グループの長男とか医師という肩書き、それに伴う収入目当てだというのがチラつくともうダメでさ」

それだけではない子もいたけれど、女の争いや独占欲、嫉妬が垣間見えると途端に冷めてしまい、その後は誰とも付き合うまでには至らなかったのだそうだ。

「……そういうわけで、俺は優衣が思っているほど経験豊かではないし、自分から告白したのも家に入れたのも優衣だけ。わかった？」

「……はい」

──私だけ……

その言葉に胸が震える。

感動に目を潤《うる》ませていると、「それにさ……」と頬を赤らめ先生が続けた。

「前にマキが言ってただろ？　俺の歴代の彼女は細くて色白で黒目の大きな可愛い系って。つまり……さ、そういうこと」

「えっ？」

——どういうこと？

キョトンとしている私を見て、塩谷先生が「ふはっ」と笑う。

「要はさ、誰と付き合おうが一緒にいようが、俺が求めていたのはあのクリスマスイブの夜に見初めた女の子だった……ってことだよ」

「あっ……」

ようやく理解した私を、先生が優しく包み込む。

「不思議だよな。優衣にはさ、独占欲を持ってほしいし嫉妬してほしいんだ。こんなふうに思うのも、会いたくて仕方なくて、声を聞くだけで勃っちゃうのも、ぜんぶ優衣だけなんだ」

これが恋をすることなのだとしたら、過去に付き合ってきた女性達には申し訳ないけれど、あれは恋なんかじゃなかった。そこまで本気ではなかったということなのだろう。

先生はそう言って、私の髪に口づけた。

そっと身体を離し、視線を合わせ。

「うん、俺は今、恋をしている。野花優衣に惚《ほ》れてるんだ……」

その言葉が嬉しくて、涙が零《こぼ》れて。

ちゃんと返事がしたいのに、次の瞬間には唇を塞がれて、気の利いたセリフのひとつも返せない。

だから私は先生の首に手をまわし、爪先立ちのキスで気持ちを伝えた。

＊＊＊

塩谷先生のマンションの四人用ダイニングテーブルで、向かい合って味噌カツ丼を食べている。

時刻は午後八時。出前の時間が午後八時までだったので、本当にギリギリセーフだった。

ついさっき、先生から感動的な告白を受けてキスに夢中になっていたら、またしても私のお腹が鳴ったので、今度こそ夕食を食べようと唇を離し笑いあった。

先生はほとんど料理をしない人で、今日は元々出前をとるつもりにしていたらしい。

先生から渡された出前のメニュー表を興味津々で眺《なが》めていたら、「優衣は揚げ物が好きだよな」と言われて驚いた。

確かに私は揚げ物が好物だ。好き嫌いはないので基本的になんでも食べるけど、たまにサクサクとした揚げ物の衣が恋しくなる。

だけど家で油を使うと後始末が面倒なので、揚げ物系は外食で済ませることにしていた。

「どうして私の好物を知ってるんですか？」

「だって病院のカフェテリアで、エビフライとかカツ丼とかよく頼んでるだろ」

——確かにそのとおりだけど！

たぶん塩谷先生は、私について私以上に詳しいんじゃないだろうか。

あなた、どれだけ私の観察をしてるんですかと、一時間ほど問いかけたい。

「ほら、味噌カツのメニューがあるよ。優衣はウスターソースよりも味噌ダレ派だろ？」

「どうして……」

「それはもちろん一年間のかんさ……見守りの成果だ」

先生、今ナチュラルに観察って言おうとしてましたね。今さらツッコミもしませんけど。

そして当然のように味噌カツ店のメニューを差し出され、それが老舗人気店のもので非常に美味しそうだったので、迷わずそこの味噌カツ丼に決めてしまった。

「ハハッ、やっぱりそれだった。俺も同じのにしよう」

まさかの、私が選ぶであろう品まで読まれていたらしい。

なんだか悔しいけれど、実際私はそれを食べたいと思ったのだから仕方ない。

スマホを操作しながら先生が、「優衣はキャベツの千切りが好きだよな。ネギとキャベツを増し増しで頼んでおくから」と言うものだから、もういちいち私に聞く必要ないんじゃないかな？　と思った。本気で。

そして今私達は、二人仲良くネギと千切りキャベツ増し増しの味噌カツ丼を食べながら、三木元さんについて話しあっている。

平日にも関わらず先生が私を呼んだのは、怖い思いをした私を慰めるため、マキ先生に嫉妬したため、そして今後のことを話しあうためだった……と先生が教えてくれた。

「マキには感謝してるけど……優衣を助けるのは俺でありたかった」

そうシュンとする姿を見て、マキ先生からキスと胸揉みをせがまれたことは、やはり黙っておくことにする。

そして驚くことに、先生は三木元さんの自分への好意に気がついていた。

いや、あれだけあからさまなのだから気づいて当然、驚くことでもないか。

「じつをいうとさ、前に話した、俺の当直中に仮眠室に忍び込んできたナース……あれ、たぶん三木元さんなんだ」

「ええっ、嘘でしょ！」

こっちのほうが衝撃の事実！

「あのころ三木元さんは、確か救急外来の新人でさ。俺は研修医二年目で、まだ周囲に愛想よくしてた時代で」

研修医は数週間ごとに各科をまわっていくので、ナース全員の顔や名前を覚えることは難しい。

だけど救急外来は当直で関わることが多いため、先生は三木元さんの顔をなんとなく覚えていたのだという。

「そのあと俺が呼吸器内科医として働いてたら、そこに彼女も配属されてきてさ」

先生は内心すごくビックリしたものの、三木元さんが何ごともなかったように話しかけてくるため、自分の勘違いだったのか？　とも思ったらしい。

「だけどどう考えても、あの顔と声は三木元さんだったんだよなぁ」

寝起きで頭が混乱していたし照明も落としていた。

確信はないし、仮眠室に入られただけで実際何をされたというわけでもない。

それに、これから嫌でも一緒に仕事をしていかなくてはならないのだ。向こうが普通にしているのであれば、こちらも知らぬフリをしていよう。

先生はそう決めて動揺を隠し、他のスタッフにするのと同じように塩対応で接していたのだそうだ。

「私……三木元さんが怖いです」

キツいことを言われたからとか、呼び出されたからとかじゃない。

塩谷先生にそんなことをしでかしておいて、平気な顔で一緒に働き、いまだアプローチしてくるその神経が怖いのだ。

だとしたら、マキ先生が塩谷先生の彼女じゃないと知った今、またしても先生への積極的アプローチを開始するんじゃないだろうか。

私が不安を口にすると、先生は「俺に関しては大丈夫だが……」と言葉を濁《にご》す。

その先は私にもわかった。

先生は三木元さんがどんなにアプローチしても揺るがないし、今までと同じように塩対応で接するだけのことだ。

だけど私には……今まで以上にあたりが強くなることが予想される。

「マキが優衣と三木元さんの会話を途中から録音してたって言ってた。本当にコンプライアンス委員会に持っていくか」

「でも、それは……」

医療ミスがあったわけでも違法行為があったわけでもない。ナース同士の痴話《ちわ》喧嘩《げんか》をコンプライアンス委員会に持っていくのはどうなのかと考えてしまう。

それに三木元さんの私に対する指摘は先輩からのアドバイスとも受け取れるし、当たっている部分もあるのだ。

「私のことでマキ先生にまで迷惑をかけたくないですし」

今回のことで、塩谷先生とマキ先生が恋人ではないとバレてしまった。

マキ先生と香織さん、二人にとってよいカモフラージュになっていたのに、私のせいでそれを失わせたのだ。

私が下手に騒げば、周囲には私と三木元さんで塩谷先生を取りあっているように受け取られかねない。

変に注目を浴びれば、私と塩谷先生、そこから塩谷先生とマキ先生の関係へと噂が飛び火して、プライベートなことまで探られかねない……と思う。

私達はともかくマキ先生や香織さんにまで迷惑をかけたくない。

「それに、塩谷先生ファンは病院中にたくさんいるんですよ。これから誰かに嫌味を言われるたびに委員会に訴えてたらキリがないし、私が強くなるしかないかな……って思うんです」

先生は私の言葉を黙って聞いていてくれたけれど、全部言い終わるのを待って口を開いた。

「そのことなんだが……」

一瞬言い淀んでから、私の顔を真っすぐに見つめ、

「なあ優衣、いっそのこと俺達のことを公《おおやけ》にしてしまおうか」

そう告げた。

——私と先生のことを公にする⁉

驚く私に先生は「うん」とうなずく。

「今日、マキに話を聞いたときから考えていたんだ。俺達の関係がバレてもバレなくても優衣が嫌な目に遭うのなら、いっそオープンにしてしまったほうがいいんじゃないかって」

二人の関係が公になれば、塩谷先生が恋人として盾となり反論し、堂々と私を守ることが

できる。

三木元さんへの牽制になるし、もしかしたらそれで自分のことを諦めてくれるかもしれない……先生はそう考えているらしい。

——だけどそれじゃ……

「ナースの先生への風当たりが強くなります」

今までは噂のお相手がマキ先生だったからこそ、皆が納得し受け入れていたのだ。

それがじつは私と付き合っているなんてバレたら、絶対に反発がくるに決まっている。

女心は塩谷先生が思っているよりも複雑で、そしてその人気は本人が想像している以上にものすごいのだ。

「俺への風当たりなんてどうでもいい。今までと変わらず、ただ粛々《しゅくしゅく》と仕事をするだけのことだ。それよりも、優衣が病棟でイジメられるほうが俺にはつらい」

先生は自分の言動のせいで、私を苦境に追い込んでしまったのだと思っているらしい。

歓送迎会のときに放射線技師の横山《よこやま》さんと口論したのも、私をお姫様抱っこして連れだしたのも、私を助けるための行動だ。

それに、そのおかげで私は塩谷先生と付き合えたのだから、感謝することはあっても迷惑だなんて思うはずがないのに。

だけど先生はテーブルの上で私の手を握り、こんなことまで言いだした。

「公にすることで、もしも病院に居づらくなるようなら……二人で真命会病院に移ったっていいんだ。以前から姉貴に誘われていたし、あそこなら優衣を守りやすい」

真命会病院を継ぐのは香織さんだけど、塩谷先生もグループの株を所持しており、将来的には理事として経営に参加するよう言われているのだという。

経営に関わるかどうかは別としても、塩谷先生に真命会病院で呼吸器内科を率いてほしいというのが、香織さんのかねてからの希望だったそうで。

マキ先生も数年後には真命会病院に移り、香織さんを支える予定になっている。

今は将来に向けて大学病院で最先端の技術とノウハウを身につけている段階で、週末には真命会病院での当直や内視鏡検査のサポートをこなし、すでに地盤固めをすすめているらしい。

塩谷先生は私の手を握る力を強め、真剣な表情で言う。

「真命会で役職がついて堅苦しくなるのが嫌だったたし、まだまだ今の病院で学ぶこともあると思って固辞していたけれど……今はそれもいいかと思っている」

「そんなのダメですよ！」

思わず立ち上がる。自分でも驚くほど大きな声が出た。

「それって、私のために先生が自分の道を変えてしまうっていうことじゃないですか！　そんなの絶対に嫌です！」

先生もテーブルにバンッ！　と両手をついて立ち上がった。

「そこまでしても優衣を守りたいんだ！　君が心配なんだよ！　今日だってマキに止められていなければ、三木元を殴りに行くところだった！」

――えっ！

私が顔色を変えたのを見て、先生もハッとして口をつぐむ。

そして気まずそうに目を逸《そ》らして、「俺だって自分がこんなふうになるなんて……ビックリだよ」と呟く。

――ああ、先生をこんなにも心配させてしまった。

幼い頃から香織さんに紳士教育を受けてきた塩谷先生は、女性に親切にするのが当然という考えで生きてきたはずだ。

その先生が女性を殴りに行こうとするだなんて、よほどのこと。

それほどまでに、私のことを強く想ってくれているのだ。

私を今日ここに呼んだ先生の気持ちが痛いほど伝わってくる。

悔しくて悲しくて心配で不安で……

なのに、それらの感情を押し殺して、私の前では笑顔でひたすら甘やかしてくれて。

「先生、私……ごめんなさい。心配をかけて、悲しい思いをさせて……本当にごめんなさい」

両手で顔を覆《おお》うと、閉じた瞼の奥から涙が溢れてくる。

先生がテーブルをまわり込んで、私を抱き寄せてくれた。

「優衣が謝る必要なんてないんだ。俺が勝手に優衣を好きになったのに、俺のせいで優衣が嫌な想いをして……それが悔しいんだ。君に何かあったら、俺は……」

先生の声も湿気を帯びる。

「俺だけじゃ、いくら頑張ったって限度がある。向こうに行けば父さんや姉貴、そしてマキの目もある。皆で優衣を守ってあげられる」

そう懇々《こんこん》と説く先生の胸に顔を埋めながら、考える。

私は先生の優しさを受け取るばかりだ。

それこそあのクリスマスイブの日からずっと。

先生はいつだって必死で会いにきてくれて、全力で想いを伝えてくれている。

私のために呼吸器科医を志し、そして今また私のために進む道を変えても構わないと言う。

そんな先生のために私はどうするのがいいのかな。

何をしてあげられるのかな。

うんとうんと考えて、その考えを胸の奥で噛みしめて。

私は大きく深呼吸してからその言葉を吐き出した。

「先生、少し距離を置きませんか?」

私の言葉に先生が身体を離し、ギョッとした顔をする。

「優衣、何を……距離って、冗談じゃないぞ！　絶対に別れないからな！」

肩を痛いほど強く摑まれ、私は慌てて否定した。

「ちっ、違います！　別れるなんて言ってないじゃないですか！　少し距離を置いて冷静になりましょうって意味ですよ」

「距離ってどんな距離？　物理的？　それとも精神的に？　しばらく会わないってこと？　そんなのダメに決まってるだろう、却下だ」

こちらが説明をする前に全否定された。

私だって先生と別れようだなんて思ってない。

ただ、先生が言うようにこのまま病院を変わって先生やみんなに守ってもらって……というのは、なんだか違う気がするのだ。

塩谷先生はモテる。どこに行っても絶対にモテる。

彼といる限り嫉妬や羨望《せんぼう》の眼差《まなざ》しはついてまわるし、陰口どころか直接悪口を言ってくる人だって、なにも三木元さんだけに限らないだろう。

皆が『マキ先生が相手なら』と納得していたように、私がナースとしての仕事を立派にこなし、『野花さんなら大丈夫だ』と周囲から思ってもらわなければ、同じことを繰り返すだけだと思う。

「塩谷先生やマキ先生が、私を守ろうとしてくれるのは嬉しいです。だけどやっぱりこれは、私が自分で対処できなきゃいけないと思うんです」

「それで、どうして距離を置く必要がある？　ただでさえ不安な状態なのに、会えなかったら俺が余計に心配するとは思わないのか？」

先生はなおも不満げな顔をする。

「先生もご存じのとおり、私ってすぐに流されちゃうんです。これから何かあるたびに先生に泣きついていたら、私は困難に自分で立ち向かうことを忘れた、お花畑の住人になり下がっちゃいます」

「前にも言ったが……流されればいいじゃないか。これは危険回避のためとは思えない？」

「思えないです」

私は首を横に振る。

「先生、私ね、今の自分のことが結構気に入ってるんですよ」

かつての私は、自分に自信がなくて、ただ居場所がほしくて。

心のなかでは間違っていると知りつつも、相手に求められるままにうなずき従っていた。

「だけど今は自分が誇《ほこ》らしいんです。だって院内一のモテ男の塩谷先生の彼女になっちゃったんですよ。おまけに、やることなすこと褒《ほ》めてくれちゃうし、会うたびに好きって言ってくれるし」

先生が褒めてくれるから、自分の存在に自信が持てた。

私のすべてを肯定してくれるから、これでいいのだと思うことができた。

少し前の私だったら、三木元さんにあんなふうに言い返すなんてできなかっただろう。

先生の優しさに甘えて寄りかかって、みんなから守られたお花畑で生きていくことを喜んで受け入れたに違いない。

先生が私を変えてくれた。

自分を好きな私にしてくれた。

だから……。

「先生が好きになってくれた、今の誇らしい自分をダメな子にしたくないんです。もう少しだけ自分で頑張らせてもらえませんか？」

確かに最近の自分は浮かれていたし、職場だという緊張感に欠けていた。

三木元さんも、私のそんな部分を見抜いていたんじゃないかと思う。

だからしばらくは、甘い空気を封印して仕事に集中したい。

私がそう言って見上げると、先生は切なげな顔で、でもうなずいてくれた。

「わかったよ。ただ……どうか無理はしないでほしい。どうしてもダメだと思ったら、その時は」

「はい、自分で手に負えないと思ったら、その時には先生にちゃんと言いますから。それまでは、黙って見守っていただけますか？」

ちゃんと自分の手で解決することができたなら……

その時こそ、私は自信を持って先生の隣に立てるような気がするから。

少しの間だけ、恋愛を封印しよう。

＊　＊　＊

日曜日の朝、夜勤明けで奈々子に『話がしたい』とメッセージを送ったら、『夜勤明け！ちゃんと寝なよ！』と返ってきた。

でも直後に『コンビニでランチを買ってきて。一緒に食べて、一緒に昼寝しよう』というメッセージをくれた。

コンビニで奈々子の好きなカルボナーラパスタとメロンパンと抹茶豆乳、そして自分用の唐揚げ弁当とイチゴオーレを買い込んでアパートに行くと、高校時代のジャージを着た奈々子が出迎えてくれる。

彼女の顔を見た途端気が抜けて、なんだか泣きたくなった。

「連絡してから来るの早っ！　あんたどれだけ語りたかったの！」

「どれだけって……めちゃくちゃ語りたいんですけど〜」

奈々子はしょぼんとしている私に苦笑しつつも、「まあ、入りなよ」とドアを閉め、鍵をかけた。

「抹茶豆乳ある？」

「迷惑料ということで三本買ってきました」

「それは多過ぎ！　お腹壊すじゃん。一本は優衣が飲みなよ。大豆イソフラボンはホルモンバランスを整えてくれるから、潤いのない今のあなたにはピッタリだわ」

「ううっ……」

持つべきものは毒舌だけど優しい親友です。

そして今、奈々子愛用のちゃぶ台でお弁当を食べながら、私はひたすら愚痴《ぐち》りまくっている。

機関銃のような語りをひととおり聞き終えると、奈々子は抹茶豆乳の残りをズズッとストローで吸い上げて、ひとつため息をついた。

「優衣さぁ、めちゃくちゃ弱ってるじゃん。なのに塩谷先生じゃなくて私に泣きついてくるって、どういうこと⁉」

「ごめんってば！　だけどこんなこと奈々子にしか愚痴れないんだもの～」

一週間前、私は塩谷先生に『しばらくは恋愛を封印』宣言した。

今は仕事に集中しなければと思ったのだ。

先生に迷惑をかけたくないのはもちろんだけど、自分で問題解決くらいできなければ塩谷先生と一緒にいる資格がないような気がしたから。

そして最近、確かに恋愛に浮かれていた部分もあったので、しばらくは先生との連絡もメッセージのみにとどめて頑張ってみようと決めていた。

だけど……

「三木元さんが手強すぎる。やりかたが巧妙だし、私より一枚うわて」

私が仕事を頑張れば、三木元さんも少しは私への態度を改めてくれるのでは……なんていう考えは甘かった。

私から彼女に勤務を引き継ぐときは細かいツッコミを入れられまくりで、『そんな説明じゃ全然わからない』と吐き捨てられる。

逆に彼女からの引き継ぎは早口で簡単に済まされてしまうから、そのあと自分でカルテを読み込んで状況を把握しなくちゃいけないし、そのせいで時間がかかって他の作業が遅れてしまう。

マキ先生が釘を刺してくれていたから、もしかしたら自制してくれるかもしれない……なんて期待も早々に打ち砕かれた。

三木元さんが自制しているのは見事に表向きだけ。

看護師長や主任、ドクターの前では一見普通にしてくれているけれど、その直後に嫌味を言われるし、何か質問しようとしてもスッと立ち去られて話にもならない。

三木元さんと仲のよい中堅ナースは、三木元さんほどでないにしても右にならえで態度が冷たいし、その他のナースは陰で『大変だね』と声をかけてくれても、表向きはやはりよそよそしい。

『野花さん、ごめんなさい！　私も三木元さんに睨《にら》まれたくないので！』

ある日、杉山さんがそう言いながら、自分の顔の前で両手を合わせてそそくさと立ち去っていった。

まあ、つまりはそういうことなのだろう。

誰だって職場で揉めたくないし、声の大きい人を敵にまわしたくはないのだ。

唯一、奈々子が一緒の勤務の時だけが心休まる瞬間で、彼女がいれば処置を手伝ってくれるし何かと気にかけてくれる。

ハキハキしている奈々子には三木元さんも文句を言いづらいらしく、その日は当たりも弱くなるのでホッとする。

一度、奈々子が三木元さんに直接文句を言おうとしたことがあったのだけど、それは私が全力で止めた。

ナース二年目の私達は、まだまだ先輩のアドバイスが必要だ。

ただでさえ、私と仲良くしているせいで奈々子も目をつけられているのに、これ以上ゴタゴタに巻き込みたくはない。

それにやってることは明らかに陰険だけど、すべて『仕事の一環』や『うっかり』で済まされるレベル。

無視したのではなく、うっかり聞こえなかっただけ。

嫌味ではなくアドバイス。仕事のミスを指摘しただけ。

そういくらでも言い逃れができるから、やはり私がしっかりしていれば済む話なのだ。

そう思い、今日も日勤の三木元さんに頑張って引き継ぎをしたのだけれど……

「患者さんのことをバッチリ頭に叩《たた》き込んでさ、どこから突っ込まれても答えられるようにしたつもりなんだけど、それでも細かいところをいくつも指摘されちゃった」

重症患者の血圧が上がっている。あなたの吸痰《きゅうたん》の仕方が悪かったんじゃないか。

痰が取りにくかったら加湿器の使用を検討しないのか。

気管切開の部位はどうなのだ。化膿《かのう》してないのか、発赤の有無は？

さすが七年目ナースは目のつけどころが違う。

最後に『ドクターに色目を使う時間があったらもっと勉強しなさいよ』とか『あなたに受け持たれる患者が可哀想《かわいそう》』と捨て台詞を吐かれても、仰るとおりなので何も言い返せないのだ。

うなだれる私の肩をトントンと優しく叩きながら、奈々子は「そんなの優衣のせいじゃないよ」と慰めの言葉をくれる。

「夜勤でいちいち気管切開のガーゼをめくって調べるわけじゃないし、日勤者から聞いてもいない情報を突っ込まれたって答えようがないじゃん」

「だけど、それも私の情報収集不足なわけじゃない？」

日勤者から引き継ぎをもらうときに、気管切開部位の状態を聞けていたら。

三木元さんと同じ疑問を持つことができていれば、今朝の引き継ぎでちゃんと答えられたはずなのだ。

「そう考えたらさ、やっぱり私の実力不足なんだよね……」

どんよりしている私に奈々子は優しい。

優しいけれど、時々容赦しない。

「そんなにウダウダ言ってるくらいなら、もう塩谷先生に泣きついちゃえばいいじゃない。こんなときのための彼氏なんじゃないの？　いっぱいハグしてもらってキスしてもらってパワーをもらいなよ」

「ダメだってば！」

私が三木元さんに呼び出されたと聞いただけで、殴りに行こうとしていた先生だ。私が泣きついたりしたら、何をしでかすかわからない。

「塩谷先生に『女を殴った暴力ドクター』なんて汚名を着せるわけにはいかないもの」

私のせいで先生のキャリアに、ひいては真命会グループに傷をつけるわけにはいかない。

だから距離をとろうと決めた。

先生は私のためならいくらでも自分を犠牲にしてしまうから、塩対応を崩すことも病院を変わることにも躊躇《ちゅうちょ》しない。

だけどそれではダメなのだ。

今の病院には先生を頼りにし、信頼して通ってきている患者がたくさんいる。

私は塩谷先生が素晴《すば》らしい医師であることを知っているし、スタッフも彼の実力を認め、尊敬している。

先生がみずから望むならともかく、私のためにそれらをなげうって病院を移るなんて、あってはならないと思う。

塩対応で黙々と仕事をしている先生も好きだけど、患者に向ける優しい眼差しも大好きだから。

「まだたった一週間。音《ね》を上げるには早すぎる。頑張るよ」

「そっか……。私は何があっても絶対に優衣の味方だからね。また抹茶豆乳を買ってきてくれたら、いくらでも話を聞いてあげるから」

「ふふっ、わかった。また三本買ってくる」

「だからそれはお腹を壊すってば！　一本は自分で飲みなよ。イソフラボン大事！」

「ハハッ、わかった、そうする」

やはり持つべきものは毒舌で優しい親友なのだ。

彼女がいてくれるから大丈夫。もうちょっと自分で頑張ってみよう。

だけど、私はやはり弱かった。

頑張ろうと思ったその翌日、私はどうにも言い逃れができない失敗を、それも塩谷先生の目の前で犯《おか》すことになるのだった。

翌日は日勤だったため、夜勤者からの引き継ぎを受けてから受け持ち患者の病室をまわり、処置や点滴を行っていた。

最後に向かうのは三号室。この病室にいる森田《もりた》雪乃《ゆきの》さんは七十二歳のご婦人で、塩谷先生の患者だ。

すでに骨転位やリンパ節転移を認めているステージⅣの肺腺がんで、今回は呼吸状態の悪化により十日前に入院してきた。

私は蒸しタオルの入ったトレイを手に三号室の前に立つと、深呼吸してから笑顔を作り、ノックをする。

「森田さん、お身体を拭《ふ》きにきました」

森田さんは酸素マスクをつけた顔をゆっくりこちらに向けると、掠《かす》れた声で「ありがと……ね」と微笑む。

身体を起こすことさえ一苦労な彼女の背中を支えて寝衣を脱がせ、横向きに寝てもらい背中を拭く。

「あ～、気持ちい。ありがとう……ありがとね、野花さん」

「はい……」

それきり森田さんは黙り込み、ゼイゼイという呼吸音だけが聞こえてくる。

以前は話好きだった森田さんの口数は、今ではとても少ない。

もう思う存分お喋《しゃべ》りするだけの肺活量も体力もないのだ。

私が彼女の担当になったのは前々回の入院時からだが、その間だけでもずいぶん細くなったものだと思う。

入退院を繰り返すたびに弱っていった彼女の身体は、今では老いて水分を失った枯れ枝のよう。

今にも朽ち落ちてしまいそうな命を、私達は必死でこの世に繋ぎ止めようとしている。

――とは言っても、私にできることなんて、検温してこうして身体を拭くくらいなもので。

今は人工呼吸器もはずれ入院当初よりは落ち着いたものの、やはり森田さんの病状は芳《かんば》しくない。

彼女は老人介護施設に入居しているのだが、塩谷先生からは、今回が最後の入院……つまりもう施設に戻ることなく、このままここで最期を迎える可能性もある……と家族に説明されている。

私は緩んだ涙腺を必死で締めなおすと、一方的に一人で話しかける。

今日の天気のこと、病院の花壇の白いハナミズキが開花したこと、通勤電車の混雑具合。

森田さんはそれらに黙って相槌《あいづち》を打っていたけれど、最後に新しい寝衣に袖を通したあとで、「家に帰りたい」そうポツリと呟《つぶや》いた。

「えっ」

「野花さん、私は死ぬ前にもう一度、家に帰りたいわ」

彼女は私の手を握り込むと、息も絶え絶えになりながら必死で訴える。

もうそろそろ自分の寿命が尽きるのはわかっている。

死ぬ前に一度でいいから実家の仏壇にお参りしておきたい。

身体が不自由になってからはずっと施設に入っていて、家に戻れていない。

このままあの世に行ったら、ご先祖様や先に亡くなった夫に申し訳が立たない。

「ねえ野花さん、家に入れなくても……外から仏壇に手を合わせるだけでもいいの。その場で死んでもいいから……どうか、お願い」

もう力も残っていないはずの両手でグッと私の手を握り、涙を流す。

私は何も答えることができず、ただただ彼女の手を握り返すしかない。

だってそんなの無理に決まっている。

森田さんは人工呼吸器がはずれたばかりで、もう身体を動かすことさえ苦しくて。

なんと言えばいいのかわからず、「塩谷先生に伝えておきますね」そう短く答えるのが精一杯な私に、彼女はクシャッと顔を歪《ゆが》めながら薄く微笑んだ。

「野花さんを困らせちゃってごめんなさいね……私は野花さんに十分よくしてもらって、感謝しているの。ありがとう」

さらりと手の甲を撫でられて、そこに彼女の温かい涙がポツリと落ちて。

もうそれが限界だった。

私は感情の波に耐えきれず口元をおさえると、「失礼します」とだけ告げて病室をあとにした。

ナースステーションの片隅で顔を覆い嗚咽《おえつ》を漏らしていると、心配した奈々子が駆け寄ってくる。

「ちょっとどうしたの？　何があった？」

「森田さんが……私、ちゃんと答えてあげられなくて……」

すると不意に後ろから肩をグイッと摑まれた。

顔を上げると、そこには鬼のような形相をした三木元さんがいて。

「ちょっと野花さん、こんなところで泣かないでくれない？　仕事の邪魔になるし迷惑なんだけど」

それに奈々子が「そんな言い方ってないいんじゃないですか!?」と食ってかかり、場が騒然とする。

何ごとかとチームリーダーも寄ってきた。

「私は……森田さんを家に帰らせてあげたいです。望みを叶《かな》えてあげたい。だって死んでもいいから帰りたいって……私の手を握って……」

そこに怒りを孕《はら》んだ三木元さんの大声がかぶさる。

「そんなの無理に決まってるじゃない！　あんな状態で動かして、何かあったらどう責任を取るつもり？　こんなところでわざとらしく泣いたりして、優しい自分に酔ってるんじゃないわよ！　塩谷先生が見てるからって、かわい子ぶらないで！」

――えっ!?

ハッとして見渡せば、奥の壁際に立ち、厳しい顔つきでこちらを見ている塩谷先生と目が合った。

「あっ……」

先生は私からスッと目を逸《そ》らすと、白衣の裾をひるがえし足早にナースステーションから出ていく。

もうダメだ……そう思った。

塩谷先生に愛想を尽かされた。

仕事に集中するために、一人前になるために距離を置くと言ったのは私からだった。それなのに。

私はこともあろうに、塩谷先生の大事な患者の前で涙を見せてしまった。

先生が一番嫌うことをしてしまった。

私は……先生に軽蔑《けいべつ》されてしまったのだ。

＊＊＊

仮眠室の洗面台でバシャバシャと顔を洗い、口紅だけを塗りなおして仕事に戻る。

「優衣、大丈夫？　あと一時間したら昼休憩に行けるから」

「うん、ありがとう」

ナースステーションでは、三木元さんが点滴薬の確認をしていた。

彼女は私に気づくとフンとそっぽを向いて作業を続け、私もすぐにナースステーションから出て自分の仕事を再開した。

一時間後に奈々子と一緒にカフェテリアに行き、隅のほうの目立たない席に座る。

目の前の味噌カツ丼を眺《なが》めながら、塩谷先生のマンションでの楽しかった時間を思い出す。

ジワリと涙がこみ上げてきた。

――こんなだから愛想を尽かされちゃったんだな。

頑張るなんて口ばかりで、弱くて泣き虫で。

「奈々子……私、とうとう嫌われちゃった」

すると奈々子はキッと目を吊《つ》り上げて、「バカじゃないの!?」と一刀両断する。

「彼がいつ優衣を嫌いになったって言ったのよ！　あんなに想ってくれる人は他にいないよ？　優衣がそんなに弱気になったら彼が可哀想すぎるわ！」

最初はあんなに塩谷先生を疑ってたくせに、なぜか今では私以上に先生を信用しているらしい。

――まあ、私を慰めてくれようとしてるんだろうけど……

奈々子がいてくれてよかったな。もしもこのまま塩谷先生にフラれてしまったとしても、奈々子がいてくれればきっと立ち直れる。

私がそう言ったら、奈々子が「フラれるとか絶対にありえないから！」と笑った。

ナースステーションに戻ってすぐに、チームリーダーにミーティングルームに行くように言われた。

ミーティングルームはナースステーションのすぐ隣にある部屋で、主に患者やその家族、ケースワーカーとの話しあいの場として使われている。

さっきのことで叱られるのかな？　と考えながら部屋のドアをノックすると、中から師長の声がした。

ドアを開けて中に入った途端、私は驚きで固まってしまう。

そこには師長の他に、森田さんの息子夫妻と塩谷先生がいたから。

——えっ、何が起こったの？

「野花さんも座りなさい」

師長に言われ、さっきの私の対応がそこまでの問題になっているのかと、心臓がヒュッと凍る。

長机を挟んで向こう側に森田夫妻、手前に師長と塩谷先生。

私は塩谷先生の隣のパイプ椅子に座った。

「先ほどの電話でもお話しましたが、担当ナースが来たので改めてご説明させていただきます」

塩谷先生は私と森田雪乃さんの会話をかいつまんで説明し、そのあとで自分が患者本人に確認したところ、同様のことを訴えられた……と話す。

——それじゃあ、あのとき先生はナースステーションを出てすぐに森田さんの病室に⁉

塩谷先生に嫌われたとか愛想を尽かされたとか、そんなことを考えていた自分を反省する。

先生はちゃんと患者のことを考えて動いていたのに……

「本人はご自宅への一時帰宅を強く望んでおられます。先ほど呼吸器内科部長と病院長にも許可をいただきました。あとはご家族にその意思とご覚悟があるか否かだけです」

先生が机の上に広げた書類には、インフォームド・コンセントに関する説明書や免責証書、本人と家族用の同意書などの記述が並んでいた。

「私の見解ですと、今の状態で森田さんを動かすことは非常に危険です。道中、何が起こるかわからないし、その場で命を失う可能性を否定しきれない」

先生は厳しめの説明をしたうえで、「しかし危険ではありますが、絶対に動かせないというわけではない」そう言葉を続ける。

患者は末期状態で、今は輸液と酸素吸入でどうにか命を長らえている。

このままベッドで寝ていたとしても、明日には、いや、今この瞬間にも呼吸が止まってしまうかもしれない。

安静にしてその時を待つのか、一か八かの可能性にかけて彼女を連れだすのか、それを最後に決められるのはご家族だけなのだ……と先生は語った。

「もちろん最悪の事態にならないために我々も全力を尽くします。そのための準備を万全にし、私とナースも同行していざというときのために備えます」

その言葉にすぐに「お願いします！」と夫婦が答えたが、先生は「大事なことなので、慎重に検討していただきたいと思います」と釘を刺す。

だけど残された時間は残り少ない。

相談すべき親戚がいればすぐに連絡をとり、決意を固めたうえで近日中に返事をいただきたい……と話を締めくくった。

感動で胸がいっぱいで涙がこみ上げてきて。

だけど唇をギュッと引き結んで泣くのを堪《こら》えた。

先生と師長と一緒に並んで立って挨拶《あいさつ》をして。

先生がドアを開けて待ち、森田夫妻、師長の順に外に出て。

私もそれについて外に出ようとしたときに、サッと手を握られ顔を上げる。

——えっ⁉

「よく頑張ったな。もう大丈夫だから」

耳元でそっと囁いたその声は、一週間前と同じように優しく温かく。

最後にポンと背中を押して送り出されると、瞼の裏がジンとして、もう我慢できなくて。

私は結局すぐにトイレに駆け込んで、再び顔を洗うことになったのだった。

その翌日の午前中に森田夫妻から電話があり、母親の一時帰宅をお願いしたいと返事をもらった。

家族の許可を得たことにより、森田さんの一時帰宅はそれから二日後の木曜日に実行されることとなった。

そして水曜日の勤務中。

私が森田さんの点滴の追加をしていたところ、お嫁さんが病室に来て、「塩谷先生が主治医で本当によかったです」と話しかけてきた。

なんと塩谷先生は当日のシミュレーションで森田家を訪れたという。

森田夫妻から返事をもらった昨日の仕事後に、どこからどのように移動するかを事細かく話しあったそうだ。

私はそれを聞くと自分のことのように誇《ほこ》らしくて。

彼の恋人になれてよかった。そして彼の患者を受け持つことができてよかったと、心からそう思えた。

いろいろ検討した結果、森田さんの一時帰宅は家の庭までということに決まった。

森田家が手配した介護タクシーでストレッチャーごと自宅前まで搬送。

そこからはストレッチャーで裏庭に入り、開け放した縁側から仏壇を拝んですぐに病院に戻る。

同行するのは塩谷先生と師長、そして私の三人。移動時の介助は介護タクシーの運転手が手伝ってくれる。

病院から森田家までは片道約十五分。

往復三十分間の移動に森田さんが耐えられるかどうかが問題となったが、森田家には一泊させるための医療設備が整っていない。

森田さん本人の強い希望もあり、短時間でとんぼがえりの強行軍が実現の運びとなった。

「大丈夫、私は仏壇を拝むまでは死にませんよ」

そう言って笑顔を見せる森田さんを前に、私と奥さんは顔を見合わせ微笑みあう。

――どうか無事に病院に戻ってこられますように。

そう願わずにはいられない。

木曜日当日。

出発の午前十時を前に、私は奈々子に手伝ってもらい森田さんの身体を拭き、新しい寝衣に着替えさせ、髪を梳《くしけず》って準備をととのえる。

スタッフ四人でストレッチャーに森田さんを移し、私がバイタルを測定して異常のないことを確認した。

塩谷先生と師長も病室に入ってくる。

「森田さん、いよいよですね」

「はい……先生、よろしくお願いします」

すでに涙ぐんでいる森田さんの手を握り、塩谷先生が力強くうなずく。

そのまま先生が私を見て目を細め、無言でうなずいた。私もうなずき返す。

――いよいよだ。

介護タクシーが玄関に到着したと連絡を受け、私はナースステーションに患者のデータを取りに向かった。

すでに袋にまとめてあるので、あとはそれを持ってストレッチャーとともにエレベーターに乗るだけだ。

——あれっ？

中央の丸テーブルを見たら、データを入れた袋がない。

慌てて周囲を見渡すと、三木元さんが目的の品を抱えて立っている。

「三木元さん、ありがとうございます」

だけど三木元さんは袋に手を伸ばした私の手をパシッと払いのけた。

「私が行くから」

「えっ」

戸惑う私に笑顔を見せて、三木元さんは当然というように言い放つ。

「途中で何が起こるかわからないでしょ。あんな重症患者、あんたじゃ急変時に対処できないわ」

「ですが森田さんは私の患者さんです！」

だけど三木元さんに、「そんなのは関係ない」、「どちらが仕事ができて役に立つかは一目瞭然だ」そう言われてしまえば言い返せない。

「ねっ、私が行ったほうが先生の役に立てるから」

唇を噛む私に、三木元さんは勝ち誇ったように背を向け一歩踏みだし……なぜかすぐに立ち止まった。

「いい加減にしろ！」

――えっ？

突然の怒鳴《どな》り声に振り向けば、ナースステーションの入り口で塩谷先生が仁王立ちしている。

その目は真っすぐに三木元さんを睨みつけていた。

先生はツカツカと中に入ってくると、三木元さんの手から勢いよくデータの袋を奪い取る。

「君はなんの権利があってこんなことをしているんだ」

「それは……野花さんでは先生の足手まといになるから……」

地を這うような低い声に、三木元さんの声が震えている。

「足手まといだなんて誰が言った。今ここでこんなことをしている一分一秒が、森田さんにとってどれだけ貴重な時間かを、君はわかっているのか！」

そして先生は私を見据《みす》える。

「野花さん、君はどうなんだ。森田さんに同行するのは三木元さんのほうがいいと、君は本気でそう思っているのか」

今すぐここで、君が決めなさい……そう言われてハッとする。

――そうだ、私が森田さんの担当で、森田さんは私を信頼してくれて、よろしくお願いしますと言ってくれて……

私は唾をゴクリと飲み込んでから、先生に向かって歩きだす。

「私が行きます。私が……森田さんの担当ナースですから」

手を差し出すと、先生が「うん」とうなずいてデータの袋を手渡してくれた。

私はそれを胸に抱え、先生と並んで病室に戻る。

ナースステーションに残された三木元さんがどんな顔をしていたのかは知らない。

私は振り返らなかったから。

「森田さん、お待たせしました。一緒にお家に行きましょう」

「ええ、頼りにしてますよ」

顔を上げると、ストレッチャーの反対側で塩谷先生が柔らかく微笑んでいる。

「さあ、行きましょうか」

救急セットとアンビューバッグを抱えた師長の声を合図に、私達はエレベーターへと向かった。

ちょうど出勤ラッシュとランチタイムの狭間の時間を狙ったのがよかったのだろう。

幸いなことに私達を乗せた介護タクシーは渋滞に巻き込まれることもなく、十五分弱で森田家に到着した。

大学生と高校生だという男女のお孫さんも出迎えてくれる。

森田家は古い日本家屋で裏庭には玉砂利《たまじゃり》が敷いてあったのだが、ストレッチャーの揺れを軽減するために通り道の石をすべて脇に寄せてあった。

土が剝《む》き出しになった百五十センチ幅の道が縁側まで続いている。

これは塩谷先生の指示だったそうで、なんと先生みずからシャベルを手に、小石をどけるのを手伝ったという。

「ありがたい、ありがたい」とストレッチャーの上で手を合わせ拝む森田さんに、塩谷先生が「森田さん、拝むのは仏壇のほうですよ」と、頭を掻きながら照れている。

うん、やっぱり塩谷先生はカッコいい。見かけだけじゃなくて、中身もだ。

縁側の向こうにある座敷の床の間に、黒塗りの立派な仏壇が置かれている。

お経を唱え、おりんの澄んだ音色に合わせて全員で手を合わせ拝んだ。

「そろそろ行きましょうか」

皆が顔を上げたあとも涙を流し仏壇を拝み続けている森田さんに、先生が申し訳なさそうに声をかける。

もっとゆっくりさせてあげたいけれど、そろそろ限界だ。

痰が絡んで喉がゴロゴロ鳴っているし、呼吸が荒い。

森田ご夫妻とお孫さんに見送られて、私達は森田家をあとにした。

病室で森田さんの処置を終えてからナースステーションに戻ると、そこに三木元さんの姿はなかった。

気分がすぐれないからと早退したという。

他のスタッフが検温や処置でバタバタといなくなるなか、私と塩谷先生と師長だけになったナースステーションで丸テーブルを囲み、報告書の記入をはじめる。

「三木元さんはここに長くいすぎたわね」

ひとりごとのような呟きに私と塩谷先生が同時に顔を上げると、師長が「あの子は仕事ができないわけじゃないんだけど、私情を挟みすぎ」と苦笑いを浮かべた。

「本当に」と塩谷先生が答えた。

師長が患者に呼ばれて席を立つ。

私がそのまま書類の記入をしていると、隣から太ももに手が置かれた。横目で先生を睨みつける。

「仕事中ですから」

小声でそう言って手をどけようとしたら、丸テーブルの下で指を絡めて握られた。

「仕事中じゃなければ触れていい？」

目が合って、私が小さくうなずいて。途端に先生は頬を緩め、スルリと指をほどいた。

書類を手にガタッと立ち上がり、私の耳元に顔を寄せ。

「今夜だ」

ひと言だけ呟くと、そのままナースステーションをあとにした。

＊　＊　＊

『今から病院を出る』

そう先生から電話があったのは午後七時過ぎ。

私は定時に勤務を終えて帰ってきたけれど、先生は森田さんの経過観察や新しい入院患者の処置に追われていたから、きっと遅くなるだろうとは思っていた。

「わかりました、待ってます」

そう言って切ろうとしたら、『優衣』と名前を呼ばれて手が止まる。

『優衣、ありがとう』

「えっ？」

『俺さ、あんな無茶ができるのは個人病院だけだと思ってたんだ。大学病院なんて、規則でがんじがらめで融通が利かなくて……って』

仕方がない、こういうものなんだ……そう自分に言い聞かせて諦めていたのだと、先生の言葉が続く。

『だけど俺達は、森田さんの願いを叶《かな》えてあげることができた』

「……はい、先生は凄かったです」

『違う、俺は優衣の熱意に背中を押されたんだ』

今日の出来事で、本気でやろうと思えば動かせるもの、変えられるものもあるのだと思えた。

すべての患者を救ってみせるとがむしゃらになっていた新人の頃を思い出し、胸が熱くなった……先生はそう興奮気味に語る。

『優衣がそう思わせてくれたんだ。俺は今、心から感動してる……優衣、ありがとう』

──ああ、私が先生に会ったら言おうと思ってたことを先に言われちゃった。

「私も感動しています。先生は素敵《すてき》でした。本当に立派だった」

私だって先生のおかげで自分がすべきことを見失わずにすんだ。

嬉しかったたって、ありがとうって伝えたいと思っていた。

『今から行く』

「はい」

『優衣……十日ぶりだ』

「……はい」

何が……なんて聞くまでもない。

前回先生のマンションで距離を置くと決めてから、それだけの日にちが経っていた。

病院では顔を合わせていたけれど、二人きりで会うのは久しぶり。

『着いたらすぐに抱くよ』

つまりセックスをするのも十日ぶりということで。

「……はい」

私が短く答えると、『楽しみだ』と言って電話は切れた。

私の顔が真っ赤なのは見えていないはずなのに、電話を切る直前に先生がクスッと笑った。


チャイムが鳴って、私がドアを開けた途端に抱きしめられる。

玄関の中に押し戻され、後ろ手にドアを閉めた先生にキスされた。

それはすぐに舌を絡める濃厚なものになり、「お疲れさま」さえ言わせてもらえない。

先生がスーツカバーとビジネスバッグを廊下に放り投げたのを見て、今日は泊まっていくつもりなのだと気づく。

明日は二人とも朝から仕事なのに。

私の視線に気づいた先生が、私をギュウッと抱きしめながら「いいだろ？」と囁く。

「今日は興奮してて、いろいろおさまりそうもない。一回や二回じゃ無理」

「私も……先生にいっぱい抱いてほしいと思っていました」

途端に先生の瞳に獰猛《どうもう》な色が宿る。

気づけば私はお姫様抱っこされ、勝手知ったる寝室へと運ばれていた。

先生は手早く私の服を脱がせると、自身も全裸で覆い被さってくる。

私が先生の背中に腕をまわしたら、彼は愛おしげに私の上唇を啄《ついば》んでから、すぐに舌を差し入れてきた。

上顎を肉厚な舌で撫で、歯列をなぞる。

絡みつく先生の舌先を私がジュッと吸い上げれば、先生は「はっ」と息を吐く。

お互いの吐息を呑み込むように、夢中で唇を貪《むさぼ》り続けた。

「あっ、んっ……ああっ！」

全身を電気が貫き身体がのけぞる。

身体中まんべんなく舌を這わされ、蕾を転がされただけで、私はあっけなく絶頂に導かれてしまった。

今日の先生は性急で、私が先生の舌技で達したと見ると、すぐに剛直を挿入し、激しく突いてくる。

パンパンッ……と肉のぶつかる音がする。

最初から容赦なく奥まで貫かれ、脳みそがグラグラと揺れる。

「やっ、いきなり……っ、凄い！」

「ごめん、止まらないっ」

激しく腰をぶつけられ、容赦ないピストン運動に……快感はあっという間に頂点になる。

「いやっ、あっ、や……またイっちゃう……っ！」

「俺も……っ、くっ……」

私の嬌声と先生の低い呻《うめ》きが重なって、同時にビクンと腰を震わせる。

脱力し、全身を這う甘い痺《しび》れに身を委《ゆだ》ねていると、先生がズルリと自身を引き抜いた。

そしてサイドテーブルの箱に手を伸ばす。

――えっ、ウソ、もう!?

たった今達したばかりだというのに、目の前で先生が新しい避妊具のパッケージを開封し、装着している。

「先生……私、もうダメ……」

舌と挿入ですでに二回もイかされてしまっている。

まだ快感の波はおさまっていないのに、この状態で挿《い》れられたらおかしくなってしまう。

少し待ってと懇願すれば、「十日間も待った」と返された。

「今日はおさまらないって言っただろ。優衣、四つん這《ば》いになって」

「えっ、あっ」

身体をくるんとうつ伏せにされ、腰を抱え上げられる。

「やっ、怖い！」

途端に先生の動きが止まる。

「怖いって……優衣、バックでしたことは……」

「そんなのない。こんな格好恥ずかしい」

だってこんな体勢でしたことなんてない。

「バックは俺がはじめて……」

先生がゴクリと唾を飲む音が聞こえた。

「優衣、怖がらなくていい。優衣のはじめては俺が気持ち快《よ》くしてあげるから……」

お尻の谷間に熱い息がかかり、その直後、後ろから媚肉を広げられ、舌が這わされた。

6、いつだって塩谷匡史は見守りたい　side 塩谷

――絶景だな。

鼻血が出てはいないかと、思わず鼻に手をやった。

大丈夫。異様な興奮状態ではあるけれど、一応俺にも見かけを気にするだけの理性が残っているらしい。

目の前にあるのは桃のような白い双丘。

小ぶりだが張りがあり、両手で広げればその下に大輪のピンクの華が現れた。

それはヒクヒクと蠢《うごめ》きながら、透明な蜜を滴らせている。

『怖い』

優衣《ゆい》はそう言った。

バックで挿《い》れられたことがないのだと。こんな格好をするのが恥ずかしいのだと。

「バックは俺がはじめて……」

思わずゴクリと唾を飲む。

――最高すぎるだろ！

本当の意味での優衣のヴァージンは過去の男に奪われたけれど、後ろからこの体勢で挿入するのは俺がはじめて……

ピンクの花弁を大きく開き、引き寄せられるように舌を這わせる。

ひと舐《な》めすれば、目の前で蜜壺がキュッとすぼまった。

「やんっ、ダメっ！」

ダメと言われても止まらない。止められるはずがない。

これはまるで食虫花だ。

淫《みだ》らに揺れながら甘い香りで俺を誘う。

この味を知ってしまえばもう逃げることなんてできやしない。

あとは貪《むさぼ》欲に貪りつくし、溺《おぼ》れるのみ。

「優衣、もっと腰を上げて、脚を開いて」

「もう……やだ……」

素直な優衣は、嫌だと言いながらも俺の言葉に従順に従う。

猫が伸びをするような体勢でお尻を突き出すと、さっきよりもさらに割れ目の奥が丸見えだ。

「優衣、とても綺麗《きれい》だよ」

花弁の周囲をペロペロ舐めてから、蜜壺の中に舌を差し込む。

腰を引いて逃げようとする優衣の太ももをガッチリ摑み、動きを封じる。

ジュルリと音を立てながら蜜をすすると、「あぁぁっ！」と優衣が嬌声を上げた。

調子に乗って、ペチャッ、ジュルッとわざと大きな音を立てる。

こちらからは優衣の表情が見えないけれど、きっと羞恥《しゅうち》で顔を赤に染めているだろう。

舌をグリグリとねじ込むものの、やはり圧倒的に長さが足りない。

優衣の快《よ》いところに届かずもどかしい。今度は舌のかわりに指を二本挿入した。

「やっ！　……んんっ」

左手で尻たぶを摑み、右手の指でナカをグチョグチョと掻きまわす。

途中で指をクイッと曲げてやると、敏感な部分を刺激された優衣がさらに腰を上げて猫みたいな声を出す。

もっと啼《な》かせてやる。

指の抽送を速めれば、優衣は背中を逸《そ》らして苦しがる。

嫌だ嫌だと言う口で、もっともっととよがっている。

こんなふうにおねだりされて、断れるはずがないだろう。

指を出し入れしながら快いところをトントンとつついてやったら、細い声を上げて優衣が達した。

指を引き抜き、それを舐めつつ目の前の様子をジッと観察する。

蜜壺がヒクつきながらトロリと愛液を垂らしている。なんてエロさ。

舌を伸ばしてペロリと舐めたら優衣が苦しそうな声を上げたけど、構わずむしゃぶりつき、その甘さを思う存分堪能《たんのう》した。

ぜんぶ俺のものだ。一滴たりとも無駄《むだ》にするものか。

——股間が痛い。もう限界だ。

陰嚢もパンパンに膨れ上がっている。出してやらなきゃ破裂してしまう。

「優衣、この体勢で挿れるよ」

優衣が不安そうな顔でゆるりと振り向く。

怯《おび》えた表情に嗜虐心《しぎゃくしん》が煽《あお》られる。

俺は口角を上げ、優衣を見据《みす》えたまま滾《たぎ》ったモノをゆっくりと挿入した。

「ああっ、あっ、あ———っ！」

——ヤバい、すぐにイきそうだ！

優衣のナカは俺の形をすっかり覚えているが、バックで挿れるといつもと当たる場所が変わって新鮮だ。

そして優衣もこの体勢に興奮しているのか感度がいい。

俺のモノをギューギュー締めつけ吐精を促す。

「は……っ。優衣のナカ、めちゃくちゃ熱い」

グッと腰を進めれば、内壁がうねりながら奥へ奥へと俺を誘う。

まるで精液をすべて搾《しぼ》り取ろうとするかのように、屹立を締めつけ包み込む。

「優衣、そんなに締めつけたら、俺のがちぎれる」

「えっ、そんなっ！」

「うあっ、また……っ。優衣はバックで突かれるのが好きなの？」

「そんなの、わからな……ああっ！」

優衣のお尻に腰を押しつけ敏感な場所をグリグリ抉《えぐ》ると、彼女は顔を伏せ、必死でシーツを握り込む。

目の前でお尻がフルリと揺れて、なんとも淫らな光景だ。

優衣を貫く剛直がますます質量を増す。

ナカの締めつけも相まって、痛みも強くなっている。早くイってしまえと脳が叫ぶ。

――もう少しゆっくり楽しみたかったが……。

大丈夫。まだ日付も変わっていない。

優衣を喜ばせるのも啼かせるのにも、まだまだ時間は残っている。

パンッ！　と乾いた音を響かせて、目の前のエロスの塊《かたまり》に欲《よく》をぶつけることに没頭した。

ベッドの軋《きし》みや粘着質な音、そして甘い嬌声が耳の奥で霞《かす》んで消えて。

「ああっ、うっ……優衣っ！」

最後に愛する女の名を叫ぶ自分の声だけが聞こえた瞬間、俺はすべてを解き放ち、優衣の背中にしがみついていた。

＊　＊　＊

汗でしっとりとした髪が、ひとふさ顔にかかっている。

そっと掻き上げて額にキスしても、優衣は目を覚まさない。

それはそうだろう、俺がこのアパートに来てすぐから連続でイかされ続け、最後は潮を吹いて、そのまま意識を失うようにして寝落ちしたのだから。

今は午前四時。優衣が寝てしまってから一時間ほど経つが、俺は眠る気にならない。

身体は疲れきっているし、今日また病院に出勤することを考えれば少しでも休んでおいたほうがいいのはわかっている。

だけど今はそれよりも、この幸福な時間を味わっていたい。

優衣が隣にいる、それが夢ではないのだと実感したいのだ。

目を閉じて起きたときにまた一人に戻っていたら、俺はきっと生きていけないだろう。

——やっと優衣が戻ってきてくれた……

十日間。距離を置こうと優衣に宣言されてからの一週間と三日は、苦行以外の何ものでもなかった。

そんなことになった原因はわかっている。俺が優衣のこととなると感情のコントロールができなくなり、暴走してしまうからだ。

『二人で真命会《しんめいかい》病院に移ったっていい』

『三木元《みきもと》を殴りに行くところだった』

そう告げた瞬間に優衣の顔色が変わるのを見て、俺は自分の失敗を悟った。

優衣は自分のトラブルに俺を巻き込んでしまったと思っている。

そして、そのせいで俺の将来の道を変えてしまうことを恐れているのだ。

全然違うのに。優衣を巻き込んだのは俺のほうだ。

面倒ごとになるのが嫌でずっと塩対応を貫いてきたくせに、優衣と両思いになれた途端に浮かれてはしゃいで、ポロポロと隙を見せてしまった。

そんな俺の態度や視線が三木元に疑念を持たせ、優衣へと攻撃が向かったのだろう。

優衣と離れたくない。距離を置いてそのままになってしまったらどうするんだ。

毎日でも抱きしめたくて仕方がないのに、週末さえも会えないなんて耐えられるはずがないだろう！

だけど優衣の決意は固く、そして俺には優衣の決意をくつがえせるだけの力も妙案もなかった。

自分の不甲斐《ふがい》なさと無力さに絶望し、こんな結果を招いた自分を恨んだけれど、落ち込んでいる場合ではない。

どうすればいいかわからない状況でも、ただ一つだけハッキリしていることがある。

――この問題を解決しなければ、いつまでもこのままだ。

まずは優衣の望むように、彼女を黙って見守ることにした。

優衣はナースとして成長したいと思っている。

ならば俺も彼女に相応《ふさわ》しい男であるために、尊敬される医師であるために全力を尽くそう。

仕事に邁進《まんしん》するかたわら、心の安定のために優衣の見守りを強化することにした。

もちろん、俺が優衣をジッと見ているわけにはいかないので協力者が必要だ。

森口《もりぐち》さんが夜勤のときにこっそりメアドを交換し、優衣の動向を逐一報告してもらうことにした。

森口さんは優衣の見守り隊メンバーとして非常によい働きをしてくれた。

優衣との会話内容を教えてくれるだけでなく、優衣の食事風景や私服姿の写真も送ってくれる。なんていい人なんだ。

そうか、優衣はイチゴオーレが好きなのか。冷蔵庫に常備だな。

三木元の言動に腹を立て何度も病棟で怒鳴《どな》りだしそうになった俺を、視線でいさめてくれたのも森口さんだ。

『病院で塩谷《しおや》先生が暴れたりしたら優衣が一番悲しみます。それ以外の方法で三木元さんをおさえつける方法を考えられないですか？』

そうメッセージもくれたけれど、正直俺はどうしたらいいのかわからず途方に暮れていた。

俺がコンプライアンス委員会に駆け込んで三木元を排除するのが一番手っ取り早いのだろうが、それをしたら俺達の関係が看護部長にバレ、下手《へた》をすると優衣が勤務移動になる恐れがある。

そうならなくとも、優衣が自分で何も解決できなかったと自信を失ったままになってしまう。たぶんそれでは意味がないのだ。

恥をしのんで姉貴とマキにも相談してみた。

二人のマンションで事の次第を話した途端、姉貴にカーペットに正座させられ、『優衣ちゃんを泣かせるとは何事だ』、『この能無しが！』と説教された。

だが、さすが女性だけあって女心を理解している。

「ただでさえドクターと付き合うナースは玉の輿狙いって言われるのに、うちは他にもいろいろ手広く経営してるからね。彼女は匡史《ただふみ》に釣りあいたくて必死で背伸びしてるのよ」

優衣の劣等感を払拭《ふっしょく》しない限り、いつか彼女が疲れて本当に離れていってしまうだろう。

そう言われて背筋が凍る。

そんな俺を見てマキが言った。

「フミと優衣ちゃんが付き合ってるってバレるのがマズいなら、フミの片想いだってことにして、師長を味方につけるのはどう？」

マキによると、呼吸器内科の師長は見合いの仲介が趣味らしく、マキにも『いい条件の男性がいる』と見合いを薦めてきたことがあるのだという。

なるほど。それなら俺が優衣をチラチラ見ても不自然じゃないし、優衣を守りたいと思う気持ちも理解してもらえそうだ。

「マキ、おまえ天才だな」

「当然。私は香織のパートナーだからね、バカじゃ務まらないわよ」

凄い、さすがだと褒《ほ》めたたえていると、姉貴に「なんの案もなく狼狽《うろた》えてるあんたは優衣ちゃんの彼氏失格だわ！　私がうちの病院の優秀なドクターを紹介する前に、どうにかしなさいよ！」と発破をかけられた。

優衣が他の男と付き合うなんて冗談じゃない。

これは早いうちに行動に移さねば……そう思っていた矢先の月曜日に、あの森田《もりた》さんの事件が起こったのだ。

月曜日の午前中、病棟で患者のレントゲン写真を見ていたら、急に後方が騒がしくなった。

振り向くと、驚くことに優衣が泣いている。

──優衣、何があった⁉

一歩踏みだしたところで森口さんに目で制された。

グッと拳《こぶし》を握って堪える。そうだ、取り乱すな。まずは状況把握だ。

そのまま注視していると、どうやら俺の患者、森田雪乃さんに関することらしい。

──俺の患者のことなら、俺が口出しする権利があるはずだよな？

優衣の元に駆け寄ろうとしたとき、こともあろうに三木元が優衣に向かって暴言を吐《は》いた。

──アイツ、絶対に許さん！

頭にカッと血が上り、今度こそ殴りつけてやろうと足を踏みだす。

だがそのとき、優衣の言葉にハッとさせられる。

「私は……森田さんを家に帰らせてあげたいです。望みを叶《かな》えてあげたい。だって死んでもいいから帰りたいって……私の手を握って……」

──俺のバカヤロウ！

優衣が患者に寄り添い、患者を想って必死に訴えているのに、俺はこの期《ご》に及んで彼女の心配ばかりかよっ！

優衣に相応しい男になるんだろ？

立派な医師になるって決めたんだろう？

十五年前の誓いを、数日前の優衣との約束を忘れたのか！

そのとき優衣が、濡《ぬ》れた瞳で俺を見た。

彼女を泣かせて……あんなに悲しい顔をさせて、俺は何してるんだ。

考えろ！　そして動け！　医師として、森田さんの主治医として、俺の全力を振り絞れ！

「くっそ……やってやる！」

そして三号室に向かった俺は、改めて森田さんの意思確認をした。

それからすぐに呼吸器内科の部長にかけ合い、彼女の一時帰宅の意向を伝える。

部長としては患者の望みを叶えてあげたいが、途中で最悪の事態が起こった場合のリスクを考え、返答を躊躇《ちゅうちょ》しているようだった。

「でしたら裁判沙汰《ざた》にならなければよいのですね」

部長とともに病院長の元に説明に向かう。

そこで病院のコンプライアンス委員会メンバーとして外部委託している弁護士に問い合わせてもらい、医療裁判になった場合に証拠として必要となる書類の種類、そして家族への説明内容のレクチャーを受けた。

その足で総務課に行って必要書類を揃えた俺は、それを持ってまた病棟に戻って。

「師長、今すぐ森田さんのご家族に連絡を取ってください。俺が主治医として、森田雪乃《ゆきの》さんの外出許可を出します！」

ありがたいことに、そこからはスムーズにことが運んでくれた。

電話で俺の説明を聞いた森田さんの息子夫妻は協力的で、すぐに病院に出向いてくれて。

そこに優衣も加わり、一時帰宅の計画がスタートして……

じつはその間に、俺はひとつだけ私情を挟んだ行動をさせてもらっている。

隣のミーティングルームで師長と打ち合わせをしつつ森田夫妻を待っていたときのことだ。

「師長、これは師長にだけ打ち明けるのですが……」

じつは自分は以前から野花《のばな》優衣を気に入っており、それに気づいた三木元が野花さんに一方的な対抗心を燃やし、嫌がらせをしているようだ……と打ち明けた。

ナースステーションの皆の前で騒動が起こった今こそが、マキのアドバイスを実行に移す絶好の機会だと捉えたのだ。

「それと、これは師長を信用しているからこそ話すのですが……俺が研修医の頃に仮眠室で寝込みを襲おうとしてきたナースがいて。たぶん三木元さんだったと思うんです」

すぐに追い出したから未遂だったし、自慢できるようなことでもないので誰にも言っていなかったのだが……と続けると、師長は手で口元をおさえ仰天《ぎょうてん》していた。

そこで俺は一番大事な目的を伝える。

自分の一方的な気持ちのせいで、野花さんがいじめられるのを見ているのが忍びない。

そして、こんなことで業務に支障をきたすようでは患者の生命にも関わってくる。

自分が口出しすれば余計に悪化させそうで、庇《かば》ってあげることもできない。

「それで申し訳ないのですが、師長が目を配ってくださると非常に助かるのです」

俺の話を聞いた師長は、「ええ、もちろんですとも」とうなずいて、

「それにしても、塩谷先生が野花さんをねぇ。私としたことが、全然気づきませんでしたわ」

とこっちの話題に前のめりで食いついてくる。

マキ情報のとおり、男女の仲介をするのが本当に好きなようだ。

イジメ問題のほうが重要だろうに……と思いつつ、俺は院内では長らく封印していた笑顔をこのタイミングで解禁することにした。

「はい、そうなんです。もしも彼女を振り向かせることに成功したら、ここで俺の悩み相談に乗ってくれた師長は縁結びの神様ですね。上手くいったら結婚式ではスピーチをお願いしますよ」

自分でもドン引くくらい満面の笑みを浮かべてみせると、師長も胸の前で両手を合わせ、

「まあ素敵《すてき》！　今から最高のスピーチを考えておくわね」

そう言ってニッコリ微笑《ほほえ》む。

——ええ、待っていてください。絶対に実現させてみせますよ、師長。

俺は脳内に優衣のウエディングドレス姿を浮かべつつ、心の中でそっと呟《つぶや》いたのだった。

7、二人で描く未来

シャワーの音で目が覚めた。壁の時計を見ると午前五時過ぎ。

どうやら私は行為のあとで眠ってしまったらしい。

「先生はシャワー?」

とりあえず下着を身につけようと思い、シーツを胸元まで引き上げて周囲を見渡す。

ベッド横のカーペットに脱いだ衣服が散乱しているのが目に入った。

そっとベッドから抜け出してしゃがみ込み、ショーツを手に取ったところで……カチャリとドアが開いた。

「きゃぁぁっ!」

「うわっ!」

悲鳴を上げながら掛け布団の下にダイブする私と、ドアノブに手をかけたまま私の悲鳴に驚く塩谷《しおや》先生、二つの声が重なった。

「優衣《ゆい》、どうした!?」

ベッドサイドに腰をおろし、心配そうに顔をのぞき込んでくる先生は、腰にバスタオルを巻いただけのあられもない姿。

首にかけたタオルで濡《ぬ》れた髪をゴシゴシと拭《ぬぐ》っている。

先生は着痩《きや》せするようで、脱ぐと結構ガッチリした体格をしている。

細身なのに程よく筋肉がついていて、割れた腹筋に目が釘づけになってしまう。

「ん？　大丈夫か？」

ぼんやり見惚《みと》れていたら、コツンとおでこをつけて熱を測られた。

「熱はなさそうだな……優衣、おはよう」

「おはようございます」

至近距離で目が合と、先生がフッと笑って短いキスをくれる。

「夜は無理をさせすぎちゃったからな。出勤まではまだ時間がある。もう少し横になっていればいい」

「大丈夫、私ももう起きます。今は下着を探してたところで……」

手に持っているショーツをギュッと握ったら、先生に取り上げられてポイッと放り投げられた。

「ちょっ、何するんですか！　それを履かないとここから出られない！」

「今さら何言ってるの。寝ちゃった優衣の身体を綺麗《きれい》にしたのは俺だし、それにこのショーツはキスしたときに濡れちゃっただろ、新しいのを履いたほうがいい」

――濡れちゃった……って！

ストレートな指摘にボッと顔が熱くなる。

羞恥《しゅうち》に唇をわななかせていると先生に布団をめくられ、「今からならギリギリもう一回できそうだけど……ヤる？」そう聞かれてベッドから飛びおりた。

「シャワーを浴びてきます！」

先生のクスクス笑いを背にタンスの引き出しから下着とルームウェアを取り出すと、そそくさと浴室に逃げ込んだのだった。

朝食はトーストとハムエッグと野菜サラダ。

朝はコーヒーだけだという先生も、私が作ったものならほしいと言うので二人分用意した。なんとサラダは先生作！　レタスをちぎってプチトマトを置いただけだけど。

今はそれをローテーブルで向かい合って一緒に食べている。

出勤前だということもあり、話題は自然と森田《もりた》さんのことになった。

「私はあの時、先生に嫌われちゃったって思ったんですよ」

「ん、あの時？」

森田さんの話を聞いて、ナースステーションで泣いてしまった時のことだ。

患者の前で泣くなんてやっちゃいけないのに、よりによって大泣きする姿を塩谷先生に見られてしまった。

先生はフォークを持つ手を止めて、私を見た。

「俺は悪くないって思うよ」

「えっ」

「患者のために泣いて何が悪い」

「だって先生は泣かないようにしてるって……」

戸惑う私に先生がフワリと微笑《ほほえ》む。

「そりゃあ医師がメソメソ泣いてたら信用をなくしちゃうけどさ、ナースは違うんじゃないの？」

ナースは医師よりも患者により近い存在だ。

時には患者と一緒に泣くことがあってもいいと思う。今回のことでそう思えた……と先生は言う。

「なんでもかんでも泣けばいいというもんじゃないが、君が泣くのは同情や自己満足のためなんかじゃないだろう？」

相手のことを想い、心に寄り添って流す涙は、時には患者の本音を引き出し癒《い》やしにもなる。

患者の心と身体が苦しみや悲しみでいっぱいになって、辛くてたまらない時もあるだろう。

そんな時、一緒に涙を流してくれる人がいれば、二人分の涙で悲しみが半分に薄められる……そう考えてもいいんじゃないか。

「だから俺には、それがダメだなんて思えないんだ。優衣がそれを教えてくれた」

「先生……」

そこで先生はカチャリとフォークを皿に置き、胡座《あぐら》から正座に座りなおす。

真っすぐに姿勢を正して真剣な表情になった。釣《つ》られて私も背筋を伸ばす。

「なあ優衣」

「はい」

そこで先生は一旦言葉を切って下を向いてから、改めて視線を私に戻した。

大きく息を吸ってから言葉を吐《は》き出す。

「俺がもしも真命会《しんめいかい》病院に入らずにクリニックを開業したいって言ったら……どう思う？」

――えっ⁉

「クリニック？　診療所ですか？」

「そう。小さな個人のクリニックだ」

地域に密着した内科医院で、近所の子供やお年寄りが風邪や怪我で駆け込んでくる。

そんなクリニックをいつか開きたいのだ……と先生が言った。

「俺はいずれ真命会病院で働くんだと漠然と思っていたけど、なんかしっくりこない部分もあって。だけど今回の森田さんの件でハッキリわかったんだ」

もっと患者と近いところで治療をしたい。

たくさん話をして一緒に笑って泣いて。

ベッドが満床になったら退院させてそれまでの関係ではなく、最期のそのときを畳の上で看取ってあげられるような……そんな医療をしたいのだ。

「子供からお年寄りまで、いろんな年齢の人がやってくるんだ。近所の人の集会所みたいになる」

「喘息の子供を診《み》たり？」

「そう、昔の優衣みたいな子供も通ってくる。少女が母親になって、今度は自分の子供を連れて診察にくる」

「素敵《すてき》！」

「だけど大変なんだぞ。夜中に子供が発熱したって電話で起こされるし、おじいさんがぎっくり腰で動けなくなったって聞けば雪の日でも往診に行かなきゃいけないんだ」

勤務医とはわけがちがう。休みなんてあって無いようなものだし、経営のためには愛嬌を振りまかなきゃならない。金勘定も必要だ。

「だけど、やってみたいな……って思うんだ」

「往診にはもちろん私を連れて行ってくれるんですよね？」

「もちろん。一緒に来てくれる?」

「はい、喜んで!」

私が「楽しみ!」と笑みを浮かべていたら、先生がローテーブルをまわり込み、私を向いて再び正座した。

なので私も先生に向かって正座すると、両手をギュッと握られた。

「優衣、めちゃくちゃサラッと答えてくれちゃったけどさ……わかってる？」

「えっ、何がですか？」

先生は手を握ったままガックリとうなだれて。

だけどすぐに顔を上げて、まっすぐ私を視界にとらえる。

「俺、一緒に来てくれる？　って聞いたんだよ」

「はい、もちろん一緒に働かせてください。頑張ってお役に立ちます！」

先生はもう一度うなだれてから、「やっぱりわかってなかった」と小さく呟《つぶや》いた。

「これは別に看護師の求人をしてるわけじゃなくてさ……」

先生がモゾモゾと座りなおすと、お互いの膝がコツンと当たる。

握る手に力がこめられた。

「つまりさ……これはプロポーズっていうか、将来の約束っていうか……」

――あっ！

目を大きく見開く私に、先生は語る。

「俺の人生の大きな決断には、いつも優衣が関わってるんだ。そしてこれからも、そうであってほしい」

「ダメかな？」とのぞき込む先生の瞳には私の顔が映り込んでいる。

だけどそれはすぐにユラユラ揺れて、涙の膜で見えなくなった。

私の頰を涙が伝い、それを先生の唇が柔らかく拭《ぬぐ》いとる。

ギュッと抱きしめられ、耳元で囁《ささや》きが聞こえた。

「愛してる。ずっと一緒にいて」

「はい……」

「とりあえず、一緒に住んでくれないかな」

＊＊＊

八月最初の日曜日、とうとう私は塩谷先生のマンションに引っ越すこととなった。

私が使っていた家具や家電品はほとんど処分したので大した荷物はないのだけど、それでも自力で運ぶのはちょっと難しいかな……という重さと量だったので、引っ越し業者の単身パックを依頼することにした。

そんな話を塩谷先生にしたら、『業者なんかに頼まなくていいから。あてはある』と、速攻でキャンセルすることとなった。

……というわけで、今日は塩谷先生の医学部同期の辻吉成《つじよしなり》先生と、二年先輩だという柊《ひいらぎ》天馬《てんま》先生が手伝いに来てくれている。

お二人とも天馬先生のご実家である柊胃腸科病院で消化器外科医をされているそうだ。

「優衣ちゃん、このダンボールはどこに運べばいい？」

「あっ、それは私の部屋……」

「ダメだ、俺以外の男を優衣の部屋に入れていいはずないだろ！　辻、それはそのまま廊下に置いておいてくれ、あとで運ぶから。あと、優衣を『ちゃん』付けで呼ぶな、なれなれしい」

それを見ていた天馬先生が、「ハハッ、優衣ちゃん、愛されてるねぇ～。塩谷、今からそんなに束縛してたら嫌われるぞ」と私の肩をポンと叩《たた》けば、

「天馬先生、どさくさに紛れて優衣に触るのやめてくれますか？　俺の彼女に手を出そうとしてたって奥さんに報告しますよ」

と、こちらにも牙《きば》を剝《む》く。

手伝いに来てもらっておいて喧嘩《けんか》腰なのはいかがなものかとハラハラしている私を尻目に、お二人はまったく気にしていない様子。

「あの塩谷が嫉妬とは……人は変われる生き物なんだな」とか、「ハハッ、完全無欠の塩谷に弱点ができた、愉快だな。優衣ちゃん、塩谷が学生の頃のあれやこれやを教えてあげるから、今度うちに遊びにおいで。俺の可愛《かわい》い奥さんと娘も紹介するし」と楽しそうにしている。

これが男の友情というやつなのだろうか。

――嬉《うれ》しいな……

この二人は私が知らない塩谷先生を知っている。

そして塩谷先生はそんな親友に私を紹介してくれた。

普段は内緒の関係の私達だから、こうして彼の大切な人達に受け入れてもらえるのがしあわせで。

本当に彼のテリトリーに迎え入れられたのだと実感できて、嬉しくて泣きたいような気持ちになる。

引っ越しの荷物をすべて運び終えると出前のお寿司でお昼を済ませ、辻先生と天馬先生は笑顔で手を振って帰っていった。

「優衣、お疲れさま」

「お疲れさまでした。今日は私の引っ越しのために貴重な休日を費やしてくれてありがとうございました」

「なに言ってるんだよ。俺が望んだ俺のための引っ越しだろ？　喜びでしかないよ」

先生はゆっくりと私の髪を撫《な》で、トロけそうな瞳で見つめてくる。

「まいったな、今日から毎日優衣といられると、浮かれて仕方がない」

「ふふっ、私も浮かれています」

だけど同棲初日だからといって浮かれてばかりもいられない。

荷解きで疲れていても筋肉痛でも、明日は普通に出勤だ。

今日は早めに休もうと、夜はお風呂に入ってすぐにベッドで横になった。

「なんだか変な感じです」

塩谷先生のベッドルームで、塩谷先生のクイーンサイズベッドに枕を並べて二人。

もう何度もこの部屋に来ているのに、なんだかドキドキしてしまう。

私が自分の心臓に手をやりながらそう呟いたら、先生が「ハハッ、今日からここは二人のベッドルームで俺達二人のベッドなんだけど」と枕に肘をついて顔をのぞき込んできた。

その優しい笑顔に癒《い》やされる。

「先生、ありがとうございます」

「ん？」

「本当は私のために同棲を急いでくれたんですよね。だけど私は大丈夫ですよ」

「優衣……」

私の言葉に先生が複雑な表情を浮かべた。

「三木元《みきもと》さんのことも森田さんのことも、私は貴重な経験をさせていただいたと思ってるんです。そして……そのことを後悔していません」

＊＊＊

森田雪乃《ゆきの》さんが息を引き取ったのは、あの外出から五日後の早朝だった。

その日、アパートのベッドでぐっすり眠っていた先生と私は、先生の病院用のスマホの音で飛び起きた。

森田さんが危篤状態に陥《おちい》ったのだ。

——ああ、とうとう……

前日から意識が朦朧《もうろう》としていて血圧も下がっていたので、いよいよその時が近づいていると皆が覚悟していた。

慌てて飛び出していく先生の後ろ姿を見送りながら、どうか先生とご家族が間に合いますようにと願った。

私が森田さんの死を知らされたのは、朝の病棟でのミーティングの時。

すでにご遺体は地下の霊安室に運ばれたあとだったけれど、お見送りには間に合うことができた。

ご家族は臨終に立ち会えたそうで、最期は苦しむことなく、眠ったまま安らかに逝《い》ったのだと教えてくれた。

森田ご夫妻が泣きながら私の手を握り、何度も「ありがとうございました」と頭を下げる。感謝するのは私のほうだ。森田さんには看護する喜びとやりがいを与えてもらった。そして多くのことを学ばせていただいたのだから。

私は泣かなかった。目のふちギリギリまで涙がこみ上げてきたけれど、グッと堪《こら》えた。家族のお別れの時間に割り込むのは私の仕事じゃない。

師長と塩谷先生とともに頭を下げて、森田さんを乗せた霊柩車を見送った。

「頑張ったな」

そう言って肩にポンと手を置かれた途端に緊張が解《と》け、涙腺が緩む。

私は頬を流れはじめた雫《しずく》をグイッと拭い、その日の業務に戻ったのだった。

そして六月末には三木元さんに勤務異動の辞令がおり、七月一日付で透析センター勤務となることが決まった。

時期外れの移動は当然注目を集め、師長が何も言わずとも、原因がここ最近の彼女の言動にあると周囲が推測する。

私にそっけなくしていた他の同僚が普通に話しかけてくるようになり、中には直接「よかった。三木元さんがいなくなったら平和になるわね」と言ってくる人もいて、私は曖昧《あいまい》な笑顔を浮かべるしかない。

師長の配慮なのか、森田さんの件以降、私と三木元さんは同じ日に夜勤をすることがなくなっていた。

日勤ではたまに顔を合わせることがあるものの、他のスタッフや師長の目もあり直接イジワルをされることもない。

ツンケンされるのは相変わらずだったけど、私も慣れたもので、最後は笑顔でスルーする技を身につけていた。

そして迎えた七月あたまの送別会。

私はちょうど夜勤だったので、その日の会に出席することができなかった。

たまたまなのか意図的なのかは知らないけれど、そのほうがありがたい。

都合がつくのに行かなければ失礼に当たるし、だからといって私が顔を出しても三木元さんが喜ぶはずがないから。

午後九時のラウンドを終え、他の夜勤者と雑談しつつカルテを見ていると、入り口のほうでカツンとヒールの音がして顔を上げた。

私だけでなく、他の二人も息を呑《の》む。そこには私服姿の三木元さんが立っていた。

送別会の会場から直接来たのだろうか。肩がハァハァと上下に揺れているから、走ってきたのかもしれない。

襟ぐりが大きく開いた大人っぽい黒のノースリーブワンピースを着ている彼女は、その格好に似合わない仁王立ちで、私をジッと見据《みす》え、口を開いた。

「あんた、私が移動になっていい気味だと思ってるんでしょう！」

廊下に響くような大声に、他の夜勤者がたしなめようと腰を浮かせると、それを待たずに三木元さんが叫《さけ》び続ける。

「森田さんが死んだのはあなたのせいよ！　いい子ぶって優しいフリして、その自己満足のせいで患者さんを死なせたんじゃないの！」

そして最後に、「どんなに頑張ったって、あなたなんか塩谷先生に本気で相手にされないから！　遊ばれて捨てられればいいのよ！」

そう言い捨てて去っていった。

あとに残された私達はしばし茫然《ぼうぜん》として……そして私は亡くなった森田さんを思い、ギュッと唇を噛みしめた。

三木元さんが言い残していったセリフは、ある意味当たっているのかもしれない。

末期癌で自力で動くこともできない患者を外に連れだしたのは私だ。

だけど後悔はしていない。

日帰り帰宅のせいで五日間で亡くなってしまったととらえるか、あのおかげで五日間も生き長らえたと考えるのか、それは人それぞれだろう。

それに私は知っている。

仏壇に手を合わせ涙していた森田さんの横顔と嬉しそうな笑顔を。

満足げにうなずきあっていた森田夫妻の姿を。

霊安室で、『最後に最高の親孝行をしてやれた』と呟いた森田夫妻の泣き笑いの顔を見たとき、これでよかったのだ……と私は思った。

そこにあるのは悲しみでも後悔でもなく、大切な人を見送った寂しさと感謝の気持ち、そしてやれることはやったのだという達成感だ。

お別れの儀式というのはきっと亡くなった人のためだけでなく、遺される側の心残りを軽くして、前に進めるためのものでもあるのだろう。

三木元さんに言われたことがショックでないと言えば嘘《うそ》になる。

だけど私は自分の選択を後悔していない。

彼女の言葉を真摯《しんし》に受け止めながらも、自分が求める看護は彼女とは違うのだと、今は割り切ることができているのだ。

――だから先生が悩む必要なんてないのに……

送別会の日に三木元さんが病棟に現れたことはすぐに噂《うわさ》となり、どうやら先生の耳にも届いてしまったらしい。

私は大丈夫だと言っているのに、先生はまたもや私を守れなかったとかなり凹《へこ》んでいた。

そのあと急ピッチで同棲が実現したのも、先生が半《なか》ば強引に話を進めたから。

私をそばに置いておかないと心配で仕事が手につかない。

そう泣きつかれたけれど、本当は私が一人で悩まないようにという配慮だろう。

さりげなく寄り添ってくれる、先生はそういう人だから。

三木元さんはもう病院にはいない。透析センターで何があったのかは知らないけれど、七月末に退職願を出して病院を去っている。

『あの性格じゃ誰かに教えを乞《こ》うのは難しいし、きっとプライドが許さなかったんじゃない？』

そう奈々子《ななこ》が言っていたけれど、真実は本人にしかわからない。

中途半端な時期に異動となった挙げ句、退職一ヶ月前にはその意向を上司に伝えておかなくてはいけないという病院のルールも破ってしまっている。

そんな三木元さんが市内の他の病院で働けるかどうかも怪しいところだけど……それももう、私には関係のないことだ。

＊＊＊

「……優衣、俺と付き合ったことを、後悔していない？」

先生は今もまだ、第二第三の三木元さんが現れることを恐れているのに違いない。

不安げな表情で、横から私の顔をのぞき込んでくる。

私は先生の眉間の皺《しわ》に手を伸ばし、指先でグリグリとマッサージしてみせた。

「先生、そんなに悩んでるとストレスでハゲちゃいますよ。先生はせっかくイケメンなんですから、ハゲたらもったいないです」

先生は途端に表情を崩すと、おでこをぶつけて「ふはっ」と笑う。

「俺の彼女は最高だな」

そして、「優衣は強くなったな」と感慨深げに呟いた。

「私、強くなれたんでしょうか」

周囲に認めてもらうには私はまだまだ実力不足だ。

先生はそんなに簡単に追いつける人じゃない。

それでも成長することを諦めずにいれば、いつかは自信を持って隣に立てるんじゃないかな……なんて、今はそんなふうに思えるのだ。

そう思えるようになった自分は、やはり少しは変われたのかもしれない。

ただ守られるだけでなく、自分で考え、動き、まわりに流されない強さを持てたとしたら、嬉しいな……と思う。

先生は私の髪をひとふさ手に取ると、指でくるくると弄《もてあそ》びはじめた。

「やっとここまで漕ぎつけた」

「えっ？」

先生に視線を向けると、彼は手にした髪に口づけて、「夢みたいだな」とため息を漏《も》らす。

「何年もずっと会えなかったのにさ、再会して一年で付き合えることになって、今度は一緒に住めるようになった」

「……本当ですね。なんだか展開が早いですね」

「一年間の片想い期間があったわけだから、俺的には早いと思わないいけれど」

先生はそう言って苦笑する。

「だけど、付き合ってからの四ヶ月は濃厚であっという間だったな……とは思う」

——確かに。

酔ったはずみの一夜の過ちのつもりがその日のうちに付き合うことになり、あれよあれよという間に同棲生活に突入していた。

「俺的にはこの勢いでグイグイ攻めていこうと思うんだけど」

「えっ？」

どういう意味かと目で尋ねると、先生は突然身体を起こし、私に覆《おお》い被さってきた。両手で私を囲い込み、上からジッと見下ろしてくる。

「ねえ優衣、今度俺の実家に来てくれないかな」

「実家?」

「そう。両親に優衣を紹介したい……っていうか、君の幼い頃は知っているから、俺の彼女になった今の君を会わせたい」

そして私の親にも挨拶《あいさつ》したいし、自分との付き合いを正式に認めてもらいたい……と先生は言う。

「どうしよう、しあわせすぎて怖いって、こういうことを言うんですね」

私でいいのかな、まだ早いんじゃないのかな。

私がそう言うと、先生に「だから俺にとっては全然早くないから」と笑われた。

「先生、私はすでに一生分の幸福を使いきっちゃったかもしれないです」

「奇遇だな。俺は優衣への愛が溢れすぎて困ってたところだ。受け取ってもらえると助かるんだけど」

受け取ってもらえる? ……と至近距離まで顔を寄せられ、私はコクコクとうなずく。

先生は「愛のおすそわけ」と言ってチュッと短いキスをした。

「俺が愛を注いで優衣が受け止める。需要と供給の一致だな」

「ふふっ、しあわせの充電をさせていただきました」

「まだまだだよ」

「えっ?」

「優衣はもっとしあわせになるんだから」

両手で顔を固定され、真っすぐに見つめられる。

「俺が愛して愛し抜いて、優衣をしあわせにする。大丈夫、優衣のしあわせは尽きることがない。俺が一生与え続ける」

先生のまつ毛が伏せられ、唇が重なった。右手が私の腰をたどり、太ももを撫《な》でる。

「あっ、先生……」

「与えるって言っただろ。優衣は何もしなくていい。俺が全部するからただ感じて」

先生の手がキャミソールを捲《めく》り上げ、ショーツを引きずり下ろした。

指と舌を駆使して全身を愛され、繰り返し高みに追い込まれる。

「あっ、ああっ！　イクっ」

何度イかされたのだろう。私だけが乱れ、嬌声を上げ続けている。

「もっ、や、私ばかり……先生も……」

「今日は引っ越しで疲れてるだろ？　俺は優衣に触れられるだけでいいんだ。無理はしなくていい」

一緒に住めることになった、それで十分しあわせだから、今日はこれだけでよいのだと言う。

「言っただろ？　需要と供給。俺は満たされてるから問題ない」

「でも先生、私だって先生に気持ちよくなってほしいんですよ」

先生の股間をサワリと撫でれば、そこははちきれんばかりに膨張し、硬くなっている。

先生のまつ毛が震え、色っぽい吐息が漏れる。

「は……っ……バカだな、優衣は明日から五連勤で、最終日には夜勤が入ってるだろ。絶対にキツいと思って挿《い》れずに耐えてるのに……」

「やっぱり私の勤務を把握してるんですね」

「当然だ、俺は優衣の彼氏だからな」

「ふふっ、やっぱりストー……」

「見守りだ」

キスで言葉を塞《ふさ》がれた。もう見守りでもなんでもいい。この子宮の疼《うず》きを、身体の奥底に溜まった熱をどうにかしてほしい。

「彼氏なら、最後までちゃんと責任を取ってください。このままじゃ……」

「このままじゃ？」

「その……不完全燃焼で……」

「疼いちゃう？」

ストレートに言われて赤面しつつ、まさしくそのとおりだったのでうなずいた。

「ふはっ、わかりました。彼氏としてしっかり責任を取らせていただきます」

先生は心底嬉しそうにフワリと微笑むと、サイドテーブルの引き出しに手を伸ばす。

避妊具を取り出しながら、蠱惑的《こわくてき》な視線を私に向ける。

「今日はゆっくり……な」

その言葉のとおり、先生は挿入後、腰の動きを緩やかにして、じっくりと馴染《なじ》ませるようにナカを掻き混ぜてきた。

徐々に焚き火の炎が大きくなっていくような、じんわりと温度を上げていくような、そんな感覚。

「せんせ……気持ちい……」

「ん、俺も……」

ゆるゆると腰を揺らしながらギュッと抱きしめあって。

「はっ……」と短く息を吐く先生の表情が色っぽく、思わず見惚《みと》れてしまう。

先生が私の視線に気づき、「ん、どうした?」と瞳をのぞき込む。

「あっ、ん……先生が……綺麗《きれい》だな……って思って」

あの日見た天使が大人になって舞い降りてきた。夢みたい……

そう言ったら、なぜか先生がクシャッと顔を歪《ゆが》め、泣きそうな表情になる。

「天使って、そんなの、君のほうが……」

先生の顔が近づいて、チュッと唇を啄《ついば》んだ。

私が唇を開いて応じると、それはすぐに深く濃いものに変わる。

私達は顔の角度を変えつつひたすら舌を絡ませあう。

焦《じ》れるほどゆったりした交わりは、触れたそこから甘い痺れをもたらして、このまま一緒に溶けてしまうような錯覚に陥る。

そしてそう感じていたのは私だけでは無かったようで。

「気持ちいいな……なんだかこのまま優衣のナカで溶けちゃいそうだ」

塩谷先生が、それこそトロけそうに甘い声音で囁いた。

「私も、そう思っていました」

「優衣とずっと繋がっていたい。今夜はこうしてゆっくり二人で味わおうか」

「はい」

先生の背中に腕をまわしたら、先生の腕にも力がこもる。

汗ばんだ身体をぴったりとくっつけて、お互いの心臓の音をシンクロさせて。

ああ、運命の出会いって本当にあるんだな……なんて思いながら、私はフワリフワリと押し寄せる快感の波に、ゆっくりと身を委ねていた。

8、クリスマスの約束

クリスマスを飛驒高山《ひだたかやま》で過ごそうと言いだしたのは、塩谷《しおや》先生からだった。

付き合ってから半年以上経つのに一度も旅行に行けず、しかもいまだに院内では交際を隠したまま。

どこに行くにも人目を気にしなくてはならないのが不満なのだという。

「温泉に浸かりたくない？　人目を気にせず公《おおやけ》の場でイチャイチャしたくない？」

公の場でイチャイチャするのはいかがなものかと思うけれど、クリスマスに旅行、しかも温泉つきという響きは非常に魅力的で、断る理由が見当たらない。

私は速攻でうなずき、どうか塩谷先生の患者に急変がありませんようにと祈りながら、この日を迎えたのだった。

クリスマスイブの夜、塩谷先生の車で到着したのは立派な門構えの一軒家。

なんと塩谷家の別荘なのだという。

てっきり温泉旅館に泊まるものだと思い込んでいた私は、その建物を見て驚愕《きょうがく》した。

和洋折衷《せっちゅう》の別荘は、十八畳の広々としたＬＤＫと八畳の和室と洋室からなる２ＬＤＫ平屋建て。

テラス付きの庭を囲むようにＬ字型に部屋が配置されている。

Ｌ字の短い部分がちょうど和室にあたるのだが、そこはガラス戸のある縁側に囲まれており、なんと露天《ろてん》風呂までついていた。

「気に入った？」

「とても気に入りました！　嬉《うれ》しい驚きです！」

「ふはっ、喜んでいただけて何より。洋間にはツインベッド、和室には布団があるけど、どっちで寝る？」

「和室！　旅館みたいにお布団をくっつけて敷きたい！」

速攻で答えたら、「そう言うと思った」と先生にニマニマされた。

本当にこの人、テレパスなんじゃないだろうか。

ここにくる途中で夕食は済ませてきたため、すぐに露天風呂に浸かり、旅の気分を満喫する。お風呂でイチャイチャしてから和室に並べて敷いた布団に横になり、またイチャイチャして。

結局はひとつの布団で寝ることにして、抱き合いながら他愛もないお喋りをした。

「そういえば小さい頃は、クリスマスがあまり好きじゃなかったな」

頭の後ろで両手を組み、天井を見つめながら先生が呟《つぶや》く。

「サンタさんの格好が恥ずかしかったから？」

「ハハッ、違うよ。あの年はたまたま事務長が腰痛でさ」

そう考えると、やはりあのクリスマスイブの出会いは運命だったんだろうな……と先生は私の肩を抱き寄せる。

「小さい頃は小児科病棟のクリスマス会に強制参加させられててさ」

姉と二人で病院のクリスマス会のお手伝いをする。

それが幼い頃の塩谷先生にとってのクリスマスだった。

「父親を病棟の子供達に奪われてしまったような気がしていたんだろうな」

自分に見向きもせず、患者である子供達に笑顔で話しかけ、頭を撫《な》でている父親。

それを横目に飲み物を配り、ゲームの準備をしている自分。

「でも今は……今年は違うよ。愛する女性と過ごせる聖なる夜だ……最高だな。本当にしあわせだ」

そう言って話を終えた先生を、私はそっとのぞき見る。

気のせいかその横顔は、いつもよりうんと幼く感じられた。

容姿にも家柄にも恵まれ、何不自由なく暮らしてきたように見えるけれど、先生にもそれなりの悩みや葛藤があったのだろう。

学校で友達が語るクリスマスが自分のそれとはまったく違うものだと知ったとき、先生はどんな感情を抱いたのだろう。

寂しかったかな、羨《うらや》ましかったのかな。

私はそっと片手を伸ばし、先生の髪をサラリと撫でた。

「よしよし、よく頑張りました」

「えっ、俺を褒《ほ》めてくれるの？」

クスッと笑う先生にコクリとうなずき、私は先生の頭を自分の胸に抱え込む。

「そう。塩谷少年はクリスマスに親のお手伝いをするよい子でした。そして十五年前のクリスマスイブにはサンタさんになって、たくさんの子供達に夢を与えてくれました……頑張ったね、ありがとう」

「優衣《ゆい》……」

私の名を呼ぶ先生の声が、心なしか震えている。

先生、あのクリスマスイブの夜、私は先生から素敵《すてき》なプレゼントをもらったんだよ。

あの日の思い出が、今でも私の中でキラキラ輝いているんだよ。

先生、ありがとう。あの日あのとき、私のもとに来てくれてありがとう。

そしてまた私を見つけてくれてありがとう、もう一度好きになってくれて、ありがとう。

愛する男性と過ごす最高のクリスマスを……どうもありがとう。

言いたいことはたくさんあるのに、胸がいっぱいで言葉にならない。

だから私は抱きしめる腕に力をこめ、先生の頭をただただ撫で続けていた。

＊　＊　＊

目が覚めて隣を見たら、そこに先生の姿がない。

あれっと思い起き上がると、部屋の隅に寄せられた座卓に変わったものが置かれているのを発見した。

「これって……」

すると突然スッとふすまが開き、これまた変わった人物が現れた。

「ホッ、ホッ、ホッ。よい子の優衣ちゃんがいる部屋はここかな？」

——ええっ⁉

私が目を見開き固まっていると、真っ赤な衣装に身を包んだサンタクロースが白い袋を抱えて部屋に入ってくる。

「ちょっ、先生、どうしたんですか！」

「……そこは素直にサンタさんと呼んでほしかった」

先生がサンタ帽とつけ髭《ひげ》をはずしながら布団の横に座り、苦笑する。

「めちゃくちゃ恥ずかしいな、これ」

耳まで赤くして頭を掻く先生に、私も思わず笑ってしまう。

「もしかして私を驚かせようとしてくれたんですか？　ふふっ、嬉しいです」

「いや、うん……クリスマスデートにサプライズは必須だって姉貴に言われてさ」

今回この別荘を使用するにあたり、先生は香織《かおり》さんマキ先生カップルとの鉢合わせを避《さ》けるため、クリスマスに別荘を使っていいかと事前に確認をとったのだそうだ。

すると香織さんに、『それは構わないけど、付き合ってはじめてのクリスマスにサプライズが無いなんて非常識にもほどがある』と言われてしまったらしい。

「彼女のためのひと工夫ができない男なんてクソだ、フラれるぞ！　って脅《おど》されて……」

それで必死に考えた結果がサンタさんというわけなのか。

先生、それ絶対香織さんにからかわれていますよ。サプライズ必須なんて聞いたことありません……と言いたいのを先生の名誉のためにグッと堪《こら》える。

だけど純和風の畳の間で正座しているサンタさんがあまりにもシュールで、笑いのほうは堪えきれなかった。

「サプライズ、嬉しいです……ふふっ……ハハッ」

「なんだよ、笑うなよ。俺だって必死に考えて……ハハッ、なんだろうな、この間抜けな絵《え》面《づら》。ハハハッ」

二人で大笑いして、先生が白い袋から香織さんとマキ先生からのプレゼントだという洒落《しゃれ》たフォトフレームを渡してくれて。そして座卓に、さっき私が見ていた物を取りに行く。

「はい、これも優衣に」

それは白いお皿にちょこんと載っているミニミニ雪だるま。

十五年前のクリスマスイブに先生が作ってくれたものと同じサイズだ。

「そう、これ！　さっき見てビックリしたんです」

「夜中に雪が降ったみたいでさ。トイレに起きたら雪が積もってるのが見えたから、作ってみた」

私がなかなか起きなくて雪だるまが溶けそうだったので、一旦冷凍庫に入れようか迷っていたらしい。

サンタの格好で縁側に待機しながらそんなことを考えていたとは。

「ふふっ、アイスクリームじゃないんですから」

「だって優衣をビックリさせたかったんだ」

「私のために作ってくれたんですね。ありがとうございます」

「やった！　サプライズ成功だな」

先生はいたずらっ子みたいに白い歯をニッと見せて笑った。

二人で縁側に出て、庭に面したスライドドアを開ける。

そこは一晩ですっかり雪景色に変わっていて、朝の光を浴びてキラキラと輝いていた。

「思い出しますね、十五年前のこと」

「優衣は俺のことなんてすっかり忘れてたけどな」

「そうですけど！　だけど……あの日の約束はちゃんと覚えていますよ」

「俺が医者になるってやつ？」

「……じゃなくて、その前の」

＊　＊　＊

「クシュン！」

大きなクシャミが出て、雪の玉を転がす手を止めた。

「おい優衣、大丈夫か⁉」

先生は慌てて駆け寄ってくると、私の顔を心配そうにのぞき込む。

「そんなに心配しなくたって大丈夫ですよ。もう喘息も治ったし、あの時の小さな子供じゃないんですから」

「そうは言っても……」

「お医者様のくせにクシャミひとつで狼狽《うろた》えすぎです」

「医者とか関係ないだろ。俺は優衣のこととなると平常心が吹っ飛ぶんだ。知ってるだろ」

──本当に過保護なんだから……

私達は今、庭で雪だるまを作っている。

『一緒に雪だるまを作ろう』

それはあの夜サンタさんと交わした懐かしい約束。

先生と一緒に迎えたクリスマスに雪が降った。それがただの偶然じゃないような気がして……作ってみたいと思ったのだ。大きくて、目と鼻と口もある、本物のでっかい雪だるまを。

「私、雪だるまを作るのは生まれてはじめてです」

再び雪玉を転がしながらそう言うと、今度は大きいほうの雪玉担当の先生が手を止める。

「マジか！」

「マジです。小さい頃は喘息でそんなのさせてもらえなかったし、喘息を克服した頃にはもう雪遊びって歳じゃなくなってましたから」

「そうか……優衣のはじめてを、また一つもらえたな。ラッキー」

先生が作った雪玉の上に、私が作った小さいほうを載せる。

目と鼻は小石、口には短い木切れを使った。

「あとは両手が必要だな。ちょっと待ってろ、木の枝を探してくる」

先生が庭の隅で雪を掻きわけ落ちた枝を拾っている。

「優衣、ちょっと下がって全体のバランスを見てくれないか」

「あっ、はい」

私が五歩ほど歩いて振り向くと、先生はこちらに背を向けて枝の位置を整えていた。

「よし、できた！　優衣もこっちに来て」

「はい」

バランスを見てと言うわりに助言を求められなかったけれど……とりあえず完成したようなので雪だるまに近づいてみる。

――えっ？

雪だるまを見て、先生の顔を見る。

塩谷先生は少し照れたように微笑《ほほえ》んで、「もらってくれる？」と私に聞いた。

雪だるまの左手の枝の先にあるのはプラチナの指輪。

台座に嵌《は》まったハート型のダイヤモンドがプリズムを作り、虹色の光を反射している。

私がコクコクとうなずくと、先生が私の左手の薬指に指輪を嵌めてくれた。

「野花優衣さん、俺と結婚してください」

「……はい」

それきり黙り込む私を先生が抱きしめる。

「優衣、ありがとう」

「先生……」

「ん？」

「私……しあわせです」

泣き顔で見上げた私の頬を、先生の指がそっと拭《ぬぐ》う。

「奇遇だな。俺もそう思っていた」

本当に夢のよう。

最高のクリスマスを過ごさせてもらったと思っていたら、さらに最高のプレゼントまでもらってしまった。

「先生、サンタさんって実在するんですね」

「つけ髭《ひげ》と伊達《だて》眼鏡《めがね》をかけた？」

「そうです。ちょっと泣き虫で、消灯後の病室に忍び込んで、七歳の女の子のほっぺにキスしちゃう、天使みたいなサンタクロースです」

「ふはっ、ヤバいな、そのサンタ」

「めちゃくちゃヤバいです。ヤバいけど……いつだって私を見守ってくれていて、願いごとを叶《かな》えてくれる、サンタで天使で大切な恋人なんです」

天使の瞳が潤《うる》んで揺れて、泣き笑いの顔で見下ろしている。

スンと鼻をすすってから、角度をつけた顔がゆっくりと近づいてきた。

「優衣、愛してる」

「私もです」

目を閉じると、柔らかい唇が重なった。

私の恋人の塩谷先生は、今日もトロけるほど甘いです。

Fin

番外編　ジェラシー塩谷先生のキスはとびきり甘い

「――ですから、やっぱり塩谷《しおや》先生は野花《のばな》さん狙いだと思うんです！」

ビールの入ったジョッキをドン！　とテーブルに置きながら、向かい側の座布団に座っている杉山《すぎやま》さんが言い切った。

「ちょっ、そんなことは……」

しどろもどろになりながら、私は必死で彼女を落ち着かせる。

いくら同じ病棟の仲間で固まっているとはいえ、今日の席には外来ナースや検査技師なども参加している。

聞き耳を立てられ、それがあとでどんな噂話《うわさ》になって拡まるかもわからないのだ。

今日は九月で異動になった呼吸器科メンバーの歓送迎会で、駅前の居酒屋に来ている。

二階の座敷を貸し切った、総勢五十名ほどの大所帯だ。

私達病棟の若手ナースチームは、隅のほうの席を陣取ってお喋《しゃべ》りに花を咲かせていたのだが、徐々に酔いのまわってきた杉山さんが塩谷先生の話題を出しはじめたあたりから、周囲の注目が集まっているような気がする。特に女性陣。

みんな平静を装っているものの、全身から『杉山さん、もっと聞かせて！』、『早くその続きを！』というオーラを放っているように感じるのは……たぶん気のせいではないと思う。

だって塩谷先生は相変わらずの人気者で、相変わらずの塩対応にもかかわらず女性陣のハートを鷲掴《わしづか》みにしている存在なのだから。

「塩谷先生が遊び人だっていう噂も、過去の栄光？　っていうか、少なくとも院内ではそんな様子がないし、今は絶対に落ち着いてますよね」

少し呂律《ろれつ》のまわらない口調で、杉山さんが続ける。

自分が見ている限りでは、女性にデレデレしている様子がない。そもそもあの噂は、相手にされなかった先輩ナースが悔し紛れに流したガセなのでは……と言うのを聞いて、彼女の推理力に驚愕《きょうがく》する。

――前から思っていたけれど、杉山さん、鋭《するど》すぎる！

以前、三木元さんとの夜勤でも、彼女が鋭い指摘をしていたのを思い出す。

そういえば三木元さんが病院を去ってから、すでに二ヶ月近くが経っていた。

――気軽にこういうことを言えるほど、平和になったということかもしれないけれど……

それはそれで、困ってしまうのだ。

だって私と塩谷先生は同棲中で、病院では奈々子《ななこ》とマキ先生だけしか知らない、秘密の恋人なのだから。

これはマズイ。私と塩谷先生の関係について言及されたらどう答えたものかと身構えていたところに、救世主が現れた。

「私もそう思う。塩谷先生って案外真面目《まじめ》なのかなって」

トイレから戻った奈々子が私の隣の座布団に座り、笑顔で杉山さんの話を引き継ぐ。

「カッコいいから女が勝手に寄って来るだけで、本人は興味なさそうだよね」

「そう、そうなんですよ！　その女にまったく興味なさげな塩谷先生が、野花さんのことだけは意識しているような気がするんです。森口《もりぐち》さんもそう思いませんか？」

うわっ、奈々子がせっかく塩谷先生を上手くフォローしてくれたと思ったら、杉山さんの話が元に戻ってしまった。しかしそこは奈々子、切り返しが早い。

「そうね、塩谷先生は優衣狙いなのかもしれないけれど、優衣は真面目《まじめ》で簡単になびくような女じゃないし、私が守るから大丈夫。さあ、これでこの話題は終了！　私の可愛《かわい》い優衣がイジメの的《まと》になるようなことはもう言わないように！」

パンッ！　と両手を合わせて言い切られ、杉山さんが「は〜い」と舌を出したところでこの話は終わった。持つべきものは機転の利く親友なのだ。

しかし、ようやく落ち着いて食事ができると箸を持ったとき、ザワッと室内の空気が変わった。

――えっ⁉

入り口を見ると、なんと塩谷先生が靴を脱ぎ、座敷に上がってきている。

今日は病棟に経過の気になる患者がいるし、私をチラチラ見て勘繰られてはいけないので欠席すると言っていたのに。

隣の奈々子がチッと小さく舌打ちをした。彼女は事情を知っているので、不意打ちの登場に怒っているのだ。

「塩谷先生～、こちらにどうぞ～」

「先生、お疲れさまでしたぁ～」

あちこちで黄色い声が飛び交い、塩谷先生がここから離れた席に座る。

こちらをチラリと見た彼と一瞬だけ目が合い、私は慌てて視線を逸《そ》らした。

素知らぬフリで奈々子と会話をしながらも、どうしても全神経が先生の気配を追ってしまう。

見なくても、嬉《うれ》しげな女子の声や会話でわかる。先生は相変わらずモテモテだ。

肉食系女子から離れた席に座っても、女子のほうが放っておかないのだろう。

彼女達は次々とお酌《しゃく》に訪れては、そのまま彼の隣や向かい側の席に居座っているようだ。

それだけで胸がジリジリと妬けてくる。

わかっている。先生は相手にせずに塩対応を貫いているし、浮気なんて絶対にしない。それでも堂々と先生の隣に座る彼女達が羨《うらや》ましい。そして先生が女子に囲まれているだけでも、やはり彼女としてはいい気がしないものなのだ。

モヤモヤしつつも笑顔を作っていると、一番端にいた私の隣から、ニュッとビール瓶が差し出された。

「野花さん、飲んでますか？　僕もこのテーブルでご一緒してもいいでしょうか」

コーナーに正座してニコニコしながらビール瓶を傾けているのは、九月から呼吸器科病棟に配属になった黒柳史也《くろやなぎふみや》君。

杉山さんと同期で、先月まで呼吸器科外来にいた新人看護師だ。

元々病棟勤務を希望していたらしく、三木元さんが抜けた穴を埋めるべく、もう一人のベテランナースと一緒に異動してきた。

私はまだ日勤で何度か一緒になっただけだけど、常に笑顔で愛想がよい彼とは働きやすいし、入院患者の評判も上々。

女性的な顔立ちで一見華奢《きゃしゃ》に見えるのに、さすが男性だけあって力持ち。

本当にいい人が来てくれたと思っている。

その黒柳君が、仔犬みたいにキュルンとした目で話しかけてくる。

「野花さん、明日の夜勤、僕ははじめてなので、よろしくお願いします」

明日ははじめて彼と一緒の夜勤だ。だけど黒柳君となら上手くやれそうだな……と思う。

「こちらこそ、よろしくね」

彼に注がれたビールを一口飲んで、笑顔で握手を交わした。

その時不意に、隣でスマホを見ていた奈々子に腕を摑まれる。

「優衣、トイレに付き合って」

「えっ？　あっ、うん」

女子のトイレ同伴は学生時代にはよくあったものだけど、奈々子に誘われたのははじめてだ。

酔って気分が悪いのかな？　と思いつつついて行くと、なぜかトイレを素通りして奥の非常階段へと引っ張られた。

いきなり目の前にスマホの画面を突きつけられる。

そこにあるのは塩谷先生からのメッセージ。

『ダメだ、優衣が狙われている！　森口さん、あの新人を優衣から遠ざけてくれ。俺にはわかる。アイツは女の子みたいな顔をしているが、絶対に肉食系だ！』

——ええっ⁉

「嘘《うそ》でしょ、先生ってば何言ってるんだろう。私が狙われてるなんて……」

驚く私に奈々子はため息をつく。

「優衣、もう少し自覚しなさいよ。あなたはあの天下のモテ男を骨抜きにした女なんだよ。魅力があるに決まってるじゃないの」

「ええっ、魅力って！」

思わず大声を上げたら、奈々子に「シーッ」とたしなめられた。

声をひそめて奈々子が続ける。

「どうせもうすぐお開きだしさ、今日はもう帰りなさいよ。私も優衣の見守り隊メンバーとして、先生に申し訳が立たないし」

「見守り隊って……それ、まだ続いてるの？」

「当たり前でしょ。私は塩谷先生から優衣を託されてるの。あなたが酔って黒柳にお持ち帰りでもされたら、私が先生に殺されるわ！」

そんなの絶対にないと手をブンブン振ってみせたけれど、奈々子の顔は真剣だ。

私もちょっと酔いがまわってきたし、言われたとおり帰ることにした。

奈々子にバッグと上着を取ってきてもらい、二人揃って表に出る。

タクシーをつかまえて一緒に乗り込むと、奈々子が運転手さんに、「このあたりを五分ほど流してから、またここに戻ってください」と告げる。

——んっ、どういうこと？

不思議そうに首を傾《かし》げた私に、奈々子がニカッと歯を見せる。

「五分したら塩谷先生が出てくるから」

「ええっ！」

凄い！　探偵か何かみたい！　と興奮していると、奈々子が「それくらい注意しなきゃダメだってことよ」と釘を刺す。

そして、「それだけ愛されてるんだから、大事にしてあげなよ」と言われて胸が熱くなる。素敵《すてき》な親友と恋人に恵まれて、私は本当にしあわせものだ。

五分ほどしてお店から少し離れたところにタクシーを停めると、塩谷先生が小走りで近づいて乗り込んできた。

「森口さん、ありがとう。手間をかけたね」

「いえいえ、見守り隊メンバーの務めですから」

顔を見合わせてクスクス笑う二人は、私以上に意思の疎通ができているようだ。

ちょっと羨ましいくらい。

だけどそんな気持ちはすぐに吹き飛んだ。だって奈々子を先にアパートで降ろした途端、先生が私の手をギュッと握りしめてきたから。

その手の熱は、彼の劣情を伝えている。

親指でツツッ……と指の間を撫《な》でられて、私の身体も熱を持つ。

『抱いてほしい』

そう思った。

タクシーを降りると、二人寄り添いながらマンションに入る。

エレベーターの扉が閉じた途端に唇が重なった。

視界の隅にチラリと防犯カメラが目に入ったけれど、もうそんなのはどうでもいい。

ベッドルームに駆け込み服を脱ぐ。すぐに覆《おお》い被さってきた先生に、再び唇を塞《ふさ》がれた。

「んっ、は……っ」

肉厚な舌が、唇を割り侵入してくる。

口内をぐるりと舐めると、舌を絡め、唾液を混ぜあう。

先生の右手が乳房に延びた。強く鷲摑《わしづか》みされ、思わず声が出てしまう。

「やっ、痛っ！」

けれど先生は無言のまま身体の位置をずらし、私の胸に口づける。

先端のピンクを強く吸ったかと思うと、チロリと上目遣いで私を見た。

「お仕置きだ」

――えっ？

次の瞬間、ガリッと突起に歯が立てられ、鋭い痛みが走る。

「痛いっ！」

それでも先生は止まらない。

今度は右手の指を蜜壺に挿《さ》し入れて、いきなりジュボジュボとかき混ぜはじめた。

二本、いや三本かもしれない。隘路を乱暴に押し拡げながら、先生の指が激しく抽送する。

「やっ、先生、激しすぎるっ！」

先生の返事がなくて不安になる。

それでも内壁を擦られ快《い》いところをグイと押し上げられれば、あっけなく達してしまって。

「あんっ、ああっ！　イク……っ！」

ビクンと大きく腰を跳ねさせて、脱力する。

まだソコをヒクヒクさせながら朦朧《もうろう》としていると、先生が私の脚の間で膝立ちになり、避妊具を装着するのが見えた。

――そんな、まだイったばかりなのに！

今はまだ刺激が強すぎる。

私が身をよじり、どうにか逃れようとするも、先生に大きく膝を開かれてしまう。

すぐに容赦なく屹立を突き立てられた。

「やっ、ああ――っ！」

パシンッ！　と大きな音を立てて、先生の肌がぶつかる。

ズルリと入り口近くまで引き抜いて、再び激しくぶつけられる。最奥をグリグリと抉《えぐ》られた。

連続で襲う刺激に子宮が震える。下半身を痺《しび》れが走り、あまりの快感に怖くなる。

「ダメっ、もうやめてっ！」

「やめないよ」

いつもよりトーンの低い声音で言われ、思わず目を見開いた。

目が合った瞬間にわかった。先生は怒っている。

「先生、どうして……」

「どうして？」

先生は皮肉げに口角を上げ、「そんなの……ただの嫉妬だよ！」そう言いながら腰を打ちつけた。

「あっ、ダメっ、やぁっ！」

脳裏に塩谷先生が奈々子に送ったメッセージが思い浮かぶ。

「先生、嫉妬って……黒柳君？　彼は、そんなんじゃ」

「他の男の名前を言うな！」

指の腹でグリッと蕾を捏《こ》ねられた。

「あっ、ああ――っ！」

抽送を速められ、快感の波に呑《の》み込まれる。

先生は何度も避妊具を付け替えては挿入《はい》ってきた。

絶頂を迎え、また先生に突き上げられて、揺さぶられ。

意識を手放すその瞬間、「優衣、愛してる……っ」そう呟《つぶや》く先生の声だけが遠くに聞こえた。


誰かが髪を撫でている。

地肌を滑る心地よい指先を感じ、目を開けた。

するとすぐそこに、優しく目を細めた塩谷先生の顔がある。

「先生……」

窓の外は薄っすらと明るい。私は昨夜、行為の途中で寝てしまったようだ。

先生はもう一度私の髪を梳くと、そのまま手のひらで頬を撫で、「ごめん」と呟いた。

――えっ？

「先生、どうして謝るんですか？」

先生は切なげに眉尻を下げる。

「昨夜の俺は強引だった。優衣に優しくなかったな。本当に悪かった」

ただの嫉妬だ……と小さく零《こぼ》すその顔が、心なしか赤い。

「俺、余裕なさすぎだ。カッコわる……」

先生が最後まで言い終わる前に、彼の頭を抱え込み、胸に抱きしめていた。

「塩対応の塩谷先生が、嫉妬しちゃったんですか？」

「そんなの……優衣の前では塩対応でいられない。知ってるだろ」

胸の谷間でくぐもった声が響く。

肌にかかる吐息がくすぐったくて「ふふっ」と笑ったら、先生が「くそっ、笑うなよ！」と胸に吸いついた。

チクっとした痛みとともに、そこにはきっと、赤紫の痕《あと》がつけられているのだろう。

「先生、私だって同じです」

「えっ？」

「私も、たくさんの女性に囲まれている先生を見て、嫉妬していました。先生は私のなのに……って」

「……優衣っ！」

「きゃっ！」

先生は勢いよく身体を起こすと、私の股に顔を埋め、激しく舌を這わせはじめる。

「ちょっ、あんっ……あっ！」

「消毒だ」

「消毒って、そんなとこ、誰にも触られて……」

「アイツが優衣をエロい目で見てたから」

密口をジュッと吸い上げられて、思わず背中を反らす。

ペチャッ、ジュルッと湿度の高い音が響き、あっという間に快感に囚《とら》われる。

「優衣、今度は優しくする。トロトロのドロドロに優衣をトロけさせて、他の男なんか目に入らないようにする」

「あっ、ん……っ、ああっ！」

——もうとっくに先生しか目に入っていないのに。

そう言いたかったのに、その先の言葉は先生にトロけさせられて、吐息の中に消えてしまった。

あとがき

ヴァニラ文庫ミエル読者の皆様、はじめまして、田沢《たざわ》みんです。

この度は私のヴァニラ文庫ミエル初作品をお手に取っていただきありがとうございました。

本作は、ちょうどコロナが猛威を振るいはじめた時期に某サイトに投稿していた作品です。未曾有《みぞう》の事態と自粛ムードの中、読者の皆様が少しでも元気になれるような、そして蕩《とろ》けるほど甘々キュンキュンのお話を書きたい！　と考え書きはじめたのが本作でした。

自分に自信のない『尽くし属性ダメンズ製造機』の優衣《ゆい》が塩谷《しおや》との出会いによって気持ちを正直に伝える強さを持ち、モテすぎるが故《ゆえ》に恋愛を諦めていた『塩対応男』の塩谷が優衣から本当の愛を知り、笑顔を取り戻す。

そんなふうにお互い影響しあいながら成長していく姿を、皆様に上手く伝えることができていたらいいな……と思います。いずれ同棲、結婚編も書きたいです。

イラストは憧れの森原八鹿《もりはらようか》先生が担当してくださいました。

編集様から森原先生のお名前を伺ったときには驚きでウヒャ〜！　と変な声が出たのを覚えています。

イラストの二人はまさしく優衣と塩谷！　色気が凄くて悶絶《もんぜつ》ものですよね。

どれも目が釘付けになるほど最高ですが、私は中でも七枚目が想像していたラストシーンそのものだったので、感動で胸が震えてしまいました。

皆様が気に入った挿絵やエピソードはどれでしたでしょうか。よろしければお手紙やTwitterなどで教えてくださると嬉《うれ》しいです。

最後に。私のような新人作家にお声がけくださった編集様、どうもありがとうございました。

そして刊行までの作業に携わってくださったすべての皆様、応援してくださる読者様にも心より御礼申し上げます。

皆様のご健康を、そして次回作でまたお会いできることを祈って。

田沢みん拝

塩対応な御曹司ドクターは、めちゃくちゃ溺甘でした⁉

Vanilla文庫 Miel

2021年10月5日　第1刷発行　　定価はカバーに表示してあります

著　作　田沢みん　©MIN TAZAWA 2021
装　画　森原八鹿
発行人　鈴木幸辰
発行所　株式会社ハーパーコリンズ・ジャパン
東京都千代田区大手町1-5-1
電話　03-6269-2883（営業）
0570-008091（読者サービス係）

印刷・製本　中央精版印刷株式会社

Printed in Japan ©K.K.HarperCollins Japan 2021 ISBN978-4-596-01543-3

※この作品はフィクションであり、実在の人物・団体・事件等とは関係ありません。
※本作はWeb上で発表された『塩対応の塩谷先生のキスはとろけるほど甘い』に、大幅加筆・修正を加え改題したものです。